ईशा की लवस्टोरी

सुमित वर्मा

क्रम-सूची

भूमिका

प्यार क्या होता है? वो क्या है जिसे हम कहते हैं प्यार?.... क्या किसी को पता है?

कोई दिखने वाली चीज़ नहीं एक मीठा एहसास है, यह तो हम जानते हैं। लेकिन शायद इसी वजह से इसे समझना इतना आसान नहीं।...आसान नहीं शायद इसलिए भी क्यूंकि प्यार कई तरह का होता है जैसे सोना कई तरह का होता है।

सोने को तो बेहद ख़ालिस से लेकर सोने के पानी चढ़े नकली ज़ेवर के रूप तक में हम अपना लेते हैं लेकिन प्यार हम सबको शुद्ध ही चाहिए, यहां तक कि हमारे आसपास के पालतू जानवरों तक को भी। वो भी हमारे प्यार की भाषा समझते हैं , हमारी चाहें न भी समझें।

हालांकि सिर्फ चाहने-चाहने से हासिल भी नहीं प्यार क्यूंकि चाहते तो सभी हैं। अगर केवल चाहने से हासिल हो जाता तो क्यों दुनिया में कोई भी प्यार के लिए तरसता!

तो हासिल कैसे हो क्योंकि चाहिए तो ज़रूर? आज की यह कहानी शायद इसी पर कुछ रोशनी कर पाएगी और इसी उम्मीद से मैं इस कहानी को आपको प्रस्तुत कर रहा हूं। उम्मीद है आपको मज़ा आएगा ईशा की कहानी पढ़कर और उसके प्यार के बारे में जानकर।

तो आइए जानते हैं ईशा को , उसके प्यार को , उसकी तन्हाई और अपना प्यार पाने की लड़ाई को भी।

1

ईशा की लवस्टोरी

कौन है ईशा? क्या ये सोच रहे हैं? .... थी तो वो एक आम लड़की ही कभी। पर ज़िंदगी की जंग अंदर की खूबियों को कितना अच्छे से उजागर करती है और जिन खूबियों के सामने आने पर एक आम इंसान भी कैसे खास हो जाता है , बस इतना ही समझाती है यह कहानी वास्तव में।
यह कहानी शुरू होती है ईशा की ज़िंदगी के सबसे मुश्किल वक्त से , यानि आजकल जैसी उसकी लाइफ चल रही थी।
ईशा कभी एक ज़िंदादिल लड़की थी लेकिन आज वो एक बोझिल ज़िंदगी जी रही थी। इसकी वजह यह थी कि ज़िंदगी में दो-दो बार उसे ज़िंदगी की सबसे ज़रूरी चीज़ यानि कि प्यार को पाने का मौका मिला था मगर पूरी कोशिश के बाद भी जिसे वो पा नहीं सकी थी।
बेचारी ईशा! शायद यह उसकी बदकिस्मती ही थी जो यह खुशी उसके जीवन में नहीं थी, या शायद उसकी किस्मत में अकेले रहना ही लिखा होगा तभी तो उसकी ज़िंदगी बार-बार ऐसी बन जाती थी।

अक्टूबर साल 2014 , शादी के काफी समय बाद ज़िंदगी में दुबारा प्यार लौटने की उम्मीद को संभाले ईशा के फिलहाल के दिन नौकरीपेशा रहकर और अकेले रहकर बीत रहे थे।
यूं तो ऊपर-ऊपर से देखने पर ईशा की लाइफ ठीक-ठाक ही थी जैसी आमतौर पर जॉब करने वाली सब लड़कियों की होती है :- उसके पास खुद की काबिलियत से कमाई हुई एक अच्छी नौकरी थी, वो अच्छी जगह

रहती थी, एक अच्छी बिल्डिंग में। पड़ोसी अच्छे थे। घर भले ही किराए का था लेकिन जीवन में कोई टेंशन नहीं दिखती थी उसके।
सब ठीक ही दिखता था। पर सच तो यह था कि फिलहाल झूठी हँसी हँसकर सबको यह जताने को मजबूर थी ईशा कि सब ठीक है। जैसे कि कहावत भी है न "दुनिया में आए हैं तो जीना ही पड़ेगा। जीवन है अगर ज़हर तो पीना ही पड़ेगा।" यह कहावत ज़िंदगी का दुःख उजागर करती है और ईशा भी इन दिनों इसी नियम के मुताबिक ही अपनी ज़िंदगी जी रही थी।

हफ्ते में एक दिन की छुट्टी का जब वक्त आता तो हफ्ते भर के काम-काज के बोझ और थकान से शरीर को मिलता आराम ,मन के दर्द पर भी एक फूंक बराबर ठंडक का काम कर जाता था।
अभी तो ईशा की ज़िंदगी बस यूं ही बीत रही थी। घर और बाहर का काम-काज ध्यान बंटाने का ज़रिया था और आराम के भी ईशा के लिए बस यही मायने थे।

पर ईशा को ऐसे क्यों रहना पड़ रहा था? उसका पति कहां था? क्या ईशा का पति अब इस दुनिया में नहीं था?.... ईशा के अतीत में कुछ तो हुआ था पर वो था क्या?
मैं और आप तो जानना चाहते हैं पर ईशा बिल्कुल भी वो सब सोचना नहीं चाहती थी और इंतज़ार कर रही थी कि कब वक्त उसे फिर से पहले के जैसे सबकुछ भुला देगा।
इंतज़ार इसलिए भी था क्योंकि जैसे-जैसे दिन बीतते चले जा रहे थे वैसे-वैसे ईशा को अपनी ज़िंदगी में सबकुछ ठीक होने की उम्मीद ढलती दिख रही थी।....उम्मीदों का सूरज ढल रहा था और नाउम्मीदी का अंधेरा बढ़ता जा रहा था।

23 नवंबर 2014, रविवार का दिन यानि फिर से साप्ताहिक छुट्टी का दिन । ईशा घर की सफाई कर रही थी आज और कपड़े भी मशीन में धुल रहे थे।
ईशा ने आज के दिन के लिए तय कर रखा था कि दिन बीतने से पहले घर का हर कोना अच्छे से साफ कर लेना है ; वो कोने भी जहां ईशा घर में आने वाली नौकरानी को भी सफाई नही करने देती थी।

ईशा को लग रहा था कि आधे दिन में ही वो यह काम पूरा कर लेगी। पर सफाई करते हुए ईशा के हाथ कुछ ऐसा लगा कि वो भूल ही गई कि वो क्या कर रही थी।

पुराने बक्सों की धूल झाड़ते हुए एक छोटा सा प्यारा बॉक्स अब ईशा को मिल गया। ईशा को लगा कि वो उस बॉक्स को पहचानती है, पर ठीक से याद नहीं कर पा रही थी कि उस बॉक्स में है क्या? लेकिन जब उस बॉक्स को खोला तो उसमें मौजूद चीज़ को हाथ में लेकर अतीत की यादों में डूबने लग गई ईशा।

वो एक पायल थी जो कभी पीटर ने उसे दी थी। ईशा उस पायल को हाथ में लिए , उसे अपने गालों से सहलाते हुए अतीत की ओट में कहीं गुम होती चली गई।

ईशा को फिर से याद आने लगा वो वक्त जब वो पीटर से आखरी बार मिली थी।

यह बात बहुत ज्यादा पुरानी न होकर सिर्फ 4 साल पुरानी थी जब साल 2010 में आई. टी. की डिग्री लेने के बाद नई-नई नौकरी पर लगे कुछ ही दिन हुए थे ईशा को । ईशा भविष्य को लेकर संजीदा थी और विनीत से मिलने से पहले नही सोचा करती थी कि इतनी जल्दी शादी का सोचने लगेगी।

शादी का पल हर लड़की के लिए खास होता है और ईशा के लिए तो यह पल और भी खास होने जा रहा था क्यूंकि वो एक बार पहले भी प्यार में धोखा खा चुकी थी और बड़ी मुश्किल से विनीत पर भरोसा कर पाई थी।

ईशा बैंगलोर में पैदा हुई और बैंगलोर में ही पली बढ़ी थी। पर पढ़ाई के लिए वो दिल्ली आई थी, जहां उसकी अपने पहले प्यार पीटर से पहली बार मुलाकात हुई थी। यह विनीत के उसकी ज़िंदगी में आने से पहले की बात थी।

आज भी ईशा को लगता था मानो जैसे कल ही की बात है जब पीटर ने उसके प्यार को कुबूल करने के बाद फिर जल्दी ही यह कहकर ठुकरा दिया था कि उनके धर्म नहीं मिलते हैं इसीलिए उसे नहीं लगता है कि वो साथ में खुश रह पाएंगे! और फिर पीटर अपनी राह चला गया और ऐसा गया कि दुबारा उसने ईशा की ओर पलट कर भी कभी नहीं देखा।

यह साल 2010 में विनीत से मिलने से और 2 साल पहले का किस्सा रहा था ईशा की ज़िंदगी का , यानि साल 2007-08 का उसके कॉलेज के दिनों का जब उन दिनों दिल्ली में पढ़ाई कर रही थी ईशा ।

ईशा का पीटर से प्यार कोई खुली किताब नहीं रहा था । कॉलेज में ज़्यादातर सबको और यहां तक कि ईशा और पीटर के ज़्यादातर दोस्तों को भी आज तक सिर्फ यही पता था कि दोनों हमेशा सिर्फ अच्छे दोस्त ही रहे थे। पक्के दोस्तों जैसे थे पर उससे ज़्यादा कुछ नहीं।

सबका उन दोनों को लेकर आज तक चाहें जो मानना रहा हो लेकिन ईशा सच जानती थी। पीटर चाहें अब भूल भी चुका हो लेकिन ईशा कभी नहीं भूली थी कि वो दोनों आपस में सिर्फ दोस्त नहीं थे बल्कि वो उससे कुछ ज़्यादा ही बन गए थे एक-दूसरे के लिए। और सब लोग यह सच जान भी गए होते अगर वो दोनों कुछ और वक्त ऐसे ही एक-दूसरे के बने रह पाते।

उन दिनों पीटर के प्यार के दीवानेपन में ईशा ने बहुत कुछ दांव पर लगा दिया था ;अपना वक्त,अपनी पढ़ाई और अपना भविष्य, सबकुछ। वो बस पीटर की हो जाना चाहती थी । हालांकि जानती थी कि उसे पढ़ाई पर ही ज़्यादा ध्यान लगाना चाहिए पर दिल नहीं मानता था ।

उसे पहले पीटर का हमसफर बनना था, उसके बाद ही उसे लाइफ में कुछ भी और बनना था । उन चंद दिनों दुनिया की हर खुशी पाने का रास्ता ईशा को बस इसी एक बात से होकर जाता दिखता था और इसीलिए जब पीटर ने उसे ठुकराया तो उसे लगा कि वो मर ही जाएगी।

उसके यह वाकई में मन में आया भी कि वो सच में मर ही जाए; मौत को गले लगा ले, ज़िंदगी को अलविदा कह दे! लेकिन फिर भी किसी तरह से तब मुश्किल ज़िंदगी को ईशा ने दूसरा मुश्किल मौका दिया था और ज़िंदगी तो ज़रा सा मौका मिलते ही ज़िंदगी के लिए जगह बना ही लेती है ।

उन दिनों पढ़ाई पर दुबारा से ध्यान काबिज़ करके ईशा दिमाग में उठते बेकार के ख्यालों से पीछा छुड़ाने में कामयाब हो गई थी। इस रास्ते चलते ईशा ने देखा कि वक्त वाकई हर गम को भुला देता है या कम से कम पूरी कोशिश तो करता ही है।

ईशा कभी यह नहीं समझ पाई कि क्या पीटर वाकई धर्म की वजह से ऐसा कर रहा था या बात कुछ और थी जिसे वो धर्म की आड़ में छुपा रहा था? जानती थी तो केवल इतना कि बहुत मुश्किल था पीटर के बिना जीना। पर विनीत के ज़िंदगी में आने के बाद ईशा ने मान लिया कि वक्त हर गम को भुला ही नहीं देता बल्कि अच्छे से उससे जुड़े हर ज़ख्म को भर भी देता है।

विनीत से ईशा की लव स्टोरी बहुत अच्छी चलती चली गई।.... पीटर को भूली बिल्कुल नहीं थी ईशा लेकिन विनीत में वो उसकी छवि देखने लगी थी और अब तो बात शादी तक भी आ पहुंची थी। यानि हमेशा-हमेशा के लिए वो विनीत की होने जा रही थी। तब नहीं जानती थी ईशा कि भविष्य को पाने का रास्ता दर्दभरे अतीत से होकर जाएगा और कुछ हद तक उन पुराने ज़ख्मों के दर्द को जगाने में कामयाब भी हो जाएगा जो उसे पीटर की वजह से मिले थे।

कमाल की बात है कि दिल्ली ने ही दो बार ईशा के दिल में प्यार की आस जगाई थी, पहले पीटर के रूप में और दुबारा अब विनीत के रूप में। विनीत की फैमिली दिल्ली में ही रहती आई थी और विनीत के जैसे ही पीटर का परिवार भी दिल्ली में ही रहा करता था पिछले कई बरसों से। ईशा पीटर की फैमिली से मुश्किल से एक-दो बार ही मिली होगी । ईशा जानती थी कि शादी और अन्य पार्टियों के लिए समारोहों का आयोजन कराना ही पीटर का फैमिली बिज़नेस रहा था।

विनीत से शादी के इतने साल बाद भी पीटर के घर का रास्ता आज भी अच्छे से याद था ईशा को और याद था यह भी कि पीटर मुश्किल ही कभी अपने घर पर होता था । पीटर से जुड़ी हुई यह सारी बातें इस वजह से आज तक ईशा के लिए खास बनी रही थीं क्योंकि पहला प्यार होता ही बड़ा खास है। भले ही उसने आपको दर्द दिया हो पर फिर भी वो खास ही रहता है ज़िंदगी की आखरी सांस तक। लेकिन यहां बात कुछ और भी थी!

पीटर की यादें एक और वजह से भी आज तक ताज़ा थीं ईशा के ज़हन में , सिर्फ़ गहरे इंसानी जज़्बातों की ही बात नहीं थी। और ऐसा इसलिए कह रहा हूं क्योंकि अब जब विनीत से शादी करने जा रही थी ईशा तो यही वो वक्त था जब ईशा की ज़िंदगी से चले जाने के महीनों बाद पीटर

ने उसका दर्द बढ़ाने उसकी ज़िंदगी में दुबारा से प्रवेश किया था।....नहीं, उसने इसलिए तो ईशा की ज़िंदगी में दुबारा वापसी नहीं की थी । लेकिन ईशा को बिलकुल यही लगा कि पीटर उसका दर्द बढ़ाने ही उसकी ज़िंदगी में लौटा है , इसीलिए दर्द बढ़े उससे पहले ही ईशा उसे अपनी ज़िंदगी से बेदखल कर देना चाहती थी।

11 जून 2011 का दिन। ईशा की विनीत से सगाई हो रही थी आज। सगाई करने दिल्ली या मुंबई से बहुत दूर शिमला आए हुए थे दोनों क्यूंकि इस खास मौके को और भी खास और यादगार बनाने का इरादा रखते थे।

सगाई की जगह को जिस तरह से सजाया गया था वो ईशा को कुछ ज़्यादा ही लुभा रहा था। ऐसी थी वहां की सजावट जैसे सजाने वाले को ईशा की पसंद-नापसंद अच्छे से पता हो; जैसे कि उसे पहले से पता हो कि ईशा को कौन से रंग या किस रंग के फूल सबसे ज्यादा अच्छे लगते हैं।

हालांकि शुरुआत में थोड़ी घबराई हुई थी ईशा सगाई को लेकर। पर शिमला के माहौल की सुंदरता और साथ में उसकी सगाई की जगह को सजाने वाले ने जो कमाल किया था, यह ईशा को सहज-शांत बना रहा था । उसे खुलकर इस पल को जीने में मदद करता सा लग रहा था।

ईशा को यह पूरी तरह विनीत का ही कमाल लग रहा था पर फिर ईशा को पता लगा कि ऐसा कैसे मुमकिन हो पाया था जब वहां उसने पीटर को देखा। वो काफी अलग लग रहा था पहले से ; अब बाल और दाढ़ी भी बढ़ा लिए थे उसने जिससे उसे पहचान पाना भी मुश्किल हो रहा था।

दरअसल शिमला में ईशा और विनीत की सगाई का सारा इंतज़ाम पीटर ही संभाल रहा था। ईशा को यह जानकर बहुत गुस्सा आया कि उसकी पसंद-नापसंद अभी तक भूला नहीं था पीटर और जो बातें उसके काम में झलक भी रहीं थीं।

पीटर को भुलाने की कोशिश में जीना ईशा के लिए अब ज़िंदगी का हिस्सा बन चुका था। इस बारे में वो किसी को कुछ बताना नहीं चाहती थी लेकिन इसलिए ही वो पीटर को अपने आसपास भी नहीं देखना चाहती थी।

ईशा ने सोचा कि वो अपने पापा से पूछे कि उसकी सगाई का अरेंजमेंट करवाने के लिए उन्हें शहरभर में क्या इकलौता पीटर ही मिला ?

ईशा के पिता ने ईशा को बताया कि उन्होंने बात तो कइयों से की थी पर जितना भारी डिस्काउंट उन्हें पीटर ने दिया उतना किसी और ने नहीं दिया, इसीलिए उन्होंने सगाई के साथ-साथ ईशा की शादी का पूरा इंतज़ाम कराने का ज़िम्मा भी पीटर को ही सौंप दिया है।

यह सब जानकर पहले तो ईशा के मन में आया कि वो अपने पापा से कह दे कि आगे वो पीटर को इस सब से बेदखल कर दें! पर फिर मन में आया यह ख्याल अचानक से दबता चला गया और एक उत्सुकता सी जगने लगी।

ईशा के मन में अब आया कि पहले उसे इस सब के बारे में अच्छे से पता लगा लेना चाहिए, क्योंकि वाकई पीटर ने बहुत भारी डिस्काउंट दिया था जिससे ज़ाहिर होता था कि पीटर पैसों के लिए नहीं बल्कि ईशा के लिए इस काम से जुड़ा था। शायद उसने ईशा के पास आने के लिए यह किया हो।....हो सकता है कि पीटर को काम के बहाने उससे कुछ कहना हो!

तो ईशा ने सोचा कि पीटर को आगे के लिए मना करने से पहले एक बार यह पता ज़रूर कर लेना चाहिए कि आखिर पीटर के मन में चल क्या रहा है?

"पीटर को क्या ज़रूरी बात करनी हो सकती है?", "कहीं वो अपने किए पर शर्मिंदा तो नहीं है?", फिलहाल इसी तरह के सवाल ईशा के दिलो-दिमाग में छाए हुए थे।

ईशा अपने आपको लगातार यह भरोसा दिलाए जा रही थी कि वो बस यूं ही जानना चाह रही है पर यह सच नही था।

सिर्फ़ यूं ही नहीं इस सब में दिलचस्पी दिखा रही थी ईशा बल्कि असल बात तो यह थी कि कभी उसके दिल में पीटर को लेकर बहुत प्यार रहा था और जो अब भी मर नहीं गया था। लेकिन तन्हाई के उन बीते दिनों के दौरान ईशा ने इस प्यार के एहसास को शांत करके , कभी पीटर के लिए दिल में जगे इस प्यार को अब विनीत से जोड़ लिया था।

पीटर को दुबारा अपने इतने करीब देखकर अब हो यह रहा था कि ईशा के दिल में भरा वही प्यार फिर से अपने पुराने एहसासों से जुड़ रहा था।... यह वही एहसास थे जो कॉलेज के दिनों में ईशा को हुआ करते होंगे जब उन दिनों वो पीटर पर फिदा हुआ करती थी।

अपने पहले प्यार से जुड़े यह पुराने एहसास ही वो वजह थे जो ईशा को मजबूर किए दे रहे थे पीटर को काम से बेदखल कर देने का अपना फैसला बदल देने को। पर इससे विनीत का पन्ना ईशा की ज़िंदगी की किताब से फटने लगा था , ऐसा भी कुछ नहीं था!

हां लेकिन पहले प्यार के इन पुराने एहसासों के जगते जाने से हुआ यह था कि पहले जो पीटर को दुबारा देखकर ईशा को लगा था कि पीटर की वजह से उसे पुराना दर्द वापस मिलेगा, तो इसके बजाय ईशा को अब यह लगने लगा कि हो सकता है कि पीटर के इस तरह साथ होने से उसके दिए पुराने दर्द की गुत्थियां शायद अब ऐसे सुलझ जाएं कि आगे आसानी से विनीत के साथ नई ज़िंदगी शुरु कर पाए ईशा, पीटर को भूलकर।

एक से नाता तोड़कर दूसरे से यूं ही जोड़ लेने वालों में से नहीं थी ईशा। लेकिन कुछ था जो वो जानना चाह रही थी, जो पीटर ही उसे बता सकता था। और जो वो जानना चाह रही थी उसके लिए उसे एक दोस्त के जैसे पीटर के साथ कुछ वक्त बिताने की ज़रूरत थी ,या कम से कम एक परिचित के जैसे क्यूंकि काफी कुछ पूछना था उसे पीटर से।

जो ईशा के मन में उठ रहे थे यह वही सवाल थे जिनके जवाब पास न होने ने ही ईशा की ज़िंदगी को मुश्किल बना रखा था। तो यकीनन उससे बात करने को बेताब तो थी ईशा लेकिन सगाई की रस्मों के दौरान ईशा को पीटर से बात करने का कोई मौका नहीं मिल पाया, जबकि पीटर हर वक्त उसकी आंखों के सामने ही वहां की कोई न कोई व्यवस्था संभाल रहा था।

सीधे जाकर भी तो उससे कोई बात नहीं कर सकती थी ईशा क्योंकि उन दोनों के अतीत के बारे में जानकर विनीत को बहुत बुरा लगता। यानि कि अतीत की यह सारी बातें विनीत से छुपानी भी थीं और पीटर भी इस बात को समझता था।

यहां तक कि सगाई के बाद 2 महीने थे शादी में, इस दौरान भी पीटर,

ईशा और विनीत को डिस्टर्ब करने से बचने के लिए इनसे दूर-दूर ही रहा। और ईशा को तो वो ढूंढने पर भी नहीं मिला , न ही उसने ईशा से फोन पर कोई बात करनी चाही।

ईशा को अब वाकई में यह लगने लगा था कि पीटर उसको दुःख देने ही उसकी ज़िंदगी में लौट कर आया है , तभी तो वो इस तरह पेश आ रहा है!

पीटर के मामले में कुछ बातें हमेशा ही बहुत रहस्यमय रहा करतीं जो हमेशा की तरह ईशा की मुश्किलें बढ़ा दिया करती थीं; जैसे कि पीटर के अचानक सामने आने पर ईशा को लगा कि वो काम के बहाने से उससे कुछ कहने आया है। पर जब उसकी बात सुनना चाही ईशा ने तो दूर हो गया पीटर।

पीटर ईशा के एक भी फोन या मैसेज का जवाब भी नहीं दे रहा था। एक तरह से वो ईशा के मन में उठते ख्यालों को झुठला रहा था। लेकिन तो भी ईशा उससे एक बार बात करना चाहती थी चाहें वो कुछ भी नया कहने न भी आया हो।

ऐसा हो सकता है कि जैसे पीटर को लेकर ईशा की भावनाएं उसके मन को पीटर की ओर खीच ले ही जाती थीं ,उसी तरह पीटर ने भी एक दिन अचानक से सुना होगा कि ईशा की शादी हो रही है । तो उसके मन में ईशा के लिए जो जज़्बात थे वो अब उमड़ पड़े होंगे जिन्होंने उसे हर कीमत पर ईशा की शादी का यह काम लेने के लिए मजबूर कर दिया होगा क्योंकि वाकई में उसका इरादा ईशा से बहुत कुछ कहकर अपना और उसका मन हल्का करने का था।

ईशा के बिना बोले भी पीटर जानता रहा होगा कि वो बहुत कुछ जानना चाहती है और जिन जवाबों को पाए बिना वो काफी बेचैन होती रहती होगी। पर अब कहने की बारी आई तो पीटर शायद झिझक के चलते फिर से अपनी तन्हाई की दुनिया में वापस से छुप गया था।

इस तरह शादी से पहले पीटर से बात करने का मौका पाने में ईशा लाख चाहकर भी कामयाब नहीं हो पाई । पर आखिरकार शादी वाले दिन, वो भी शादी होने के ठीक बाद जब सभी मेहमानों से इस शादीशुदा जोड़े का मिलना-जुलना हो चुका था और सभी लोग खाने-पीने में व्यस्त थे,

तो अब ईशा की नजरें अकेले में बैठे पीटर पर पड़ीं। पीटर मैरिज हॉल के बाहर, गार्डन के एक कोने में एक कुर्सी पर बैठा सभी मेहमानों को एन्जॉय करते हुए देख रहा था।

ईशा को लगा कि वो तो आज दुल्हन है , पार्टी का मुख्य आकर्षण, तो ऐसे में क्या वो जाकर उससे बात कर पाएगी? क्या उसे पीटर से बात करने दिया जा पाएगा?

ईशा ने कोशिश की और किस्मत ने सभी मेहमानों को एक-दूसरे में और पार्टी का मज़ा लेने में इतना व्यस्त बना दिया कि आखिरकार ईशा को पीटर के साथ थोड़ा सा वक्त दे ही दिया। ईशा पीटर के पास आई पर सामने से नहीं क्यूंकि उसे नहीं पता था कि पीटर उससे बात करना चाहेगा या नहीं?

अपने विचारों में खोए से बैठे पड़े पीटर का ध्यान तोड़ते हुए उससे पूछा ईशा ने पीछे से आकर,

"भूख नहीं लग रही?"

"नहीं अभी उतनी भूख नहीं है।" मुस्कुराते हुए पीटर ने जवाब दिया।

"तुम तो आज बहुत थक गई होगी न?" पीटर ने ईशा से पूछा ।

ईशा ने अब उससे कहा," देखो मेरे पास ज्यादा वक्त नहीं है! कुछ सवाल हैं जिन्होंने मुझे....", ईशा की बात बीच में ही काटते हुए पीटर बोला,

"... जिन्होंने तुम्हे बहुत दिनों से बेचैन बना रखा है।... जो चाहो पूछ लो। मैं यहीं हूं, कहीं जा नहीं रहा।"

"तुम वापस क्यों आए?" ईशा ने झट से पूछा।

पीटर ने मुस्कुराते से अंदाज़ में कहा, "मुझे लगा था कि तुम मुझसे पूछोगी कि मैं तुम्हें छोड़कर क्यों चला गया था?"

अब जो आगे कहना चाहा पीटर ने तो उसके चेहरे के भाव बदलकर गंभीर होते चले गए, जैसे कि उसे अपना कोई दर्द या अपना बनाया ऐसा कोई सवाल याद आ गया हो जिसे वो सुलझा न पा रहा हो। उसने कहा, "आजकल मैं अपनी ज़िंदगी के अंत को लेकर बड़ा ही बेचैन सा रहता हूं! मानो जैसे उसकी कल्पना में इतना डूब गया हूं कि निकल ही नहीं पा रहा। इसीलिए मैं अब सोचने लगा हूं कि क्यों न ज़िंदगी भर जिन्हें दुःख पहुंचाया , जाने से पहले उनके दुःख को कुछ कम कर दूं! ..... ऐसा नहीं

है कि मरने वाला हूं पर मौत के वक्त का कुछ पता भी तो नहीं है। आ तो कभी भी सकती है , है न!"

पीटर की बातें सुनती ईशा हैरान थी क्यूंकि उसे लग ही नहीं रहा था कि यह वही पुराना पीटर है जिसे वो जानती थी कभी। पर चाहें जो भी था , पीटर के मुंह से ऐसी बातें सुनकर सबसे पहले उसे थोड़ी सी खुशी ही हुई।

वो खुश हुई यह सोचकर कि उसका दिल दुखाकर पीटर भी कोई सुखी नहीं रहा है। पीटर ने अभी भी बोलना जारी रखा हुआ था,

"मैंने तुम्हारा बहुत दिल दुखाया है ईशा! क्या तुम प्लीज़ मुझे माफ कर पाओगी?"

पीटर को परेशान देख अब तक उसके दुःखी होने से ईशा को हो रही खुशी अब दुःख में बदल गई। उसकी बातें सुनकर ईशा की आंखों से दो आंसू भी टपके और गला भर सा आया जिसे उसने छुपाना चाहा।

जो दर्द वो सहती आई वो तो याद आया ही, साथ ही पीटर के सहे दर्द का भी उसे एहसास हुआ।

ईशा समझ पा रही थी कि पीटर भी उससे प्यार करता रहा था और जैसे ईशा उसे कभी नहीं भूली थी , वो भी ईशा को कभी नहीं भूला था। यकीनन कोई पेचीदा वजह ही रही होगी जो पीटर को ईशा की ज़िंदगी से यूं चले जाना पड़ा।

ईशा ने भावुक होकर अब पीटर से पूछा ,

"तुम मुझे छोड़कर क्यों चले गए थे पीटर? सामने होकर भी क्यूं गैर जैसे हो गए?" ,ईशा नहीं मानो यह उसका दिल पूछ रहा था। पीटर ने हिचकिचाते हुए बताना शुरू किया,

"बात यह है...बात यह है कि.... देखो तुम मुझे पागल मत समझना।... मैं..."

"क्या बातें हो रही हैं?"

"कुछ नहीं सर! मैम मुझसे पूछ रही थीं कि इतना बेहतरीन पार्टी अरेंजमेंट करना मैंने कहां से सीखा?... मैम काफी खुश हैं! ईश्वर आपकी जोड़ी बनाए रखे। अब .. मैं भी जाकर कुछ खा लेता हूं सर। प्लीज़ आप एन्जॉय करें!" पीटर इतना कहकर वहां से जाने लगा।

"चलो ईशा , तुम्हें कुछ मेहमानों से मिलाना है!", उस शख्स ने ईशा से कहा।

दरअसल यह विनीत था जो ईशा को ढूंढते हुए वहां आ गया था क्यूंकि ईशा को कुछ नए मेहमानों से मिलाना चाहता था। पर इस तरह आकर उसने एक बेहद ज़रूरी बातचीत को बीच में ही खत्म कर दिया था।

ईशा उन नए मेहमानों से मिलने नहीं जाना चाहती थी क्योंकि इतने इंतज़ार के बाद आज आखिरकार पीटर उस रहस्य का खुलासा अभी बस करने ही वाला था जो वो नहीं कर पाया।

ईशा अंदर से बहुत ठगा हुआ सा महसूस कर रही थी। उसका मूड बिल्कुल बर्बाद कर चुका था विनीत अनजाने में । पर विनीत को आज के दिन वो न भी तो नहीं कह सकती थी।

तो इस तरह हुआ यह कि आज पीटर से मिलकर और उससे बातें करके ईशा की सालों की दिली तपिश तो शांत हुई थी लेकिन कुछ जिज्ञासाएं भी जग गई थीं जो शायद आगे आने वाले वक्त में ईशा को फिर से बेचैन बनाती , या न भी बनाती क्यूंकि अब तो आगे उसे विनीत के प्यार का सहारा रहने वाला था।

चाहें जो भी हो पर ईशा इतना तो कभी नहीं भूल सकती थी कि पीटर उस दिन कुछ बहुत ही अलग कहने को था , किसी और के लिए जो शायद बहुत खास न भी होता पर ईशा के लिए जो मानो एक खो गया हिस्सा था उसके वजूद का जिसे वो पा तो न सकी पर आगे के लिए कुछ बातें ज़रूर तय कर लीं उसने।

बातें जैसे कि, वो पीटर से दोस्ती का रिश्ता हमेशा जोड़े रखेगी।...

... शायद यह इसलिए भी था क्योंकि दोस्ती हमेशा बराबर वालों में अच्छी निभती है। और दोनों ही एक-दूसरे को भुलाने की कोशिश में सालों तक प्यार का जो दर्द सह चुके थे तो ज़िंदगी के बाकी स्तरों पर दोनों कितने ही अलग क्यों न थे पर जज़्बाती तौर पर दोनों ज़िंदगी के एक ही पायदान पर खड़े थे, चाहें एक-दूसरे से दूर-दूर रहकर ही सही।

यह ठीक है कि पीटर से दोस्ती में बने रहने का पक्का इरादा कर चुकी थी ईशा लेकिन कहने और करने में फर्क होता है। .... यहां भी कुछ ऐसा

ही था क्योंकि एकतरफा यह कैसी दोस्ती?
मेरा मतलब , दोनों दोस्त हैं, यह तो सिर्फ़ ईशा मान रही थी अभी। पीटर भी इस रिश्ते से ईशा की ज़िंदगी में बना रहे इसके लिए " मैंने तुम्हें माफ किया।", " हम दोस्त रहेंगे..टच में रहना " वगैरह यह सारी बातें ईशा को पीटर को कहना बहुत ज़रूरी था क्योंकि इनसे ही तो पीटर को पता चलना था कि वो अब भी ईशा का दोस्त है। पर यह सारी बातें तो ईशा पीटर से कह ही नहीं सकी थी।

यह बातें शादी वाले उस दिन ही कर ली जातीं पर पहले पीटर को अपनी बात खत्म करनी थी जो कि वो कर नहीं पाया था विनीत की वजह से। मगर प्रोब्लम क्या थी बातों को अब पूरा कर लेने में? ...
... प्रोब्लम यही थी कि पीटर अब दुबारा ईशा से मिलना ही नहीं चाहता था, न बात करना चाहता था! शायद वो यह मान कर चल रहा होगा कि," भगवान भी नहीं चाहता कि यह बातें कभी पूरी हों, तभी तो इन बातों को फिर से अधूरा ही रह जाना पड़ा है। शायद इसी में ईशा की भलाई है।"
या तो वो यह सोच रहा था कि ईशा और वो अब दोस्त नहीं हैं और या फिर ईशा से बात न करने की वजह यह थी कि उसे लगता होगा कि उसकी वजह से ईशा की शादीशुदा ज़िंदगी में अड़चनें आ जाएंगी, जो वो नहीं चाह रहा था।
वजह चाहें जो कुछ भी रही हो पर पीटर फ़ोन पर भी ईशा से बात नहीं करना चाहता था , तो उसने की भी नहीं।

बाद के दिनों में जब अपने हनीमून से लौटकर आई ईशा और उसका जीवन सामान्य होने लगा तो वही अधूरी रह गई बातें पूरी करने को ईशा ने पीटर का नंबर कई बार मिलाया पर हर बार वो बंद ही आता था। इतना तो इससे ईशा को भी समझ में आता था कि पीटर पहले की ही तरह फिर से उससे बहुत दूर निकल गया है।

ईशा ने शादी के कुछ हफ्तों बाद तक भी पीटर से संपर्क करने की नियमित तौर पर कोशिश की लेकिन पीटर का वो फ़ोन नंबर ज़रिया न बन सका दोनों के बीच बातचीत बहाल करने का।
पीटर के खामोश हो जाने की वजह से ईशा बस अंदाज़ा ही लगा सकती थी कि वो क्या बात हो सकती है जो वो कहने आया था? लेकिन यह

कोशिशें करना वो महीनों पहले छोड़ चुकी थी क्योंकि पहले भी जब पीटर ने खुद को उससे दूर कर लिया था तो उस वक्त भी उसने पीटर के इस फैसले की वजह का अंदाज़ा लगाने की बहुत कोशिश की थी।
तब भी पीटर अगर मिलता तो उससे पूछने वाली थी ईशा कि उसके इस फैसले की असल वजह क्या है? क्योंकि पीटर की कही धर्म वाली बात ईशा को बिल्कुल समझ नहीं आती थी।.... दोनों के धर्म अलग होना, साथ रहने को लेकर या कम से कम दोस्त रहने को लेकर तब उस वक्त भी कोई बड़ी बाधा नहीं थी। लेकिन हिम्मत जुटाकर कॉलेज में पीटर से कुछ पूछ पाती , उससे पहले ही पीटर अपनी पढ़ाई अधूरी छोड़कर कॉलेज से चला गया था।

पीटर के कॉलेज छोड़ देने के बाद जहां तो एक तरफ ईशा को यह लगता रहा कि पीटर भी उससे रिश्ता टूट जाना बर्दाश्त नहीं कर पाया होगा और इसी वजह से उसने अपनी पढ़ाई तक बीच में छोड़ दी क्योंकि उसका बेचैन मन अब पढ़ाई में नहीं लगता होगा । वहीं दूसरी ओर ईशा का मन यह भी सोचता कि कॉलेज छोड़ना सिर्फ़ उससे दूर जाने का पीटर का तरीका है ताकि दोनों एक-दूसरे को भूल सकें और बात वही सच है जो पीटर ने कही थी कि वाकई उन दोनों के धर्मों का अलग होना ही उनके रिश्ते के टूटने की वजह है।
जब तक पीटर ईशा की ज़िंदगी में दुबारा नहीं लौटा था ईशा ने पीटर की कही उन्हीं बातों को ही सच मानकर मन को मना रखा था। लेकिन अब पीटर ने दुबारा ईशा की ज़िंदगी में लौट कर एक तरह से ईशा को कही अपनी ही बातों को झुठला दिया था।

कभी तो ईशा को लगता कि कुछ बात जरूर है लेकिन फिर यह भी लगता कि वो बस ज्यादा सोच रही है ; पीटर कुछ खास न कहकर अलग अंदाज़ में उससे बस माफी मांगने वाला था और कुछ नहीं। और आगे जब हफ्तों बाद भी जब बात न हो सकी तो फिर ईशा ने यह सोच कर सोचना ही बंद कर दिया कि कोई बात ही नहीं थी; पीटर कुछ भी कहने नहीं आया था उससे।... वैसे भी उसने कुछ कहना नहीं चाहा था। ईशा ने ही उससे बात शुरू की और उसने उससे बस माफ़ी मांगी। इससे ज़्यादा वो कुछ कह नहीं पाया इतना ज़्यादा वो शर्मिंदा था।.... वो सिर्फ़ अपना

काम करने आया था, ईशा की शादी का इंतज़ाम बनाने।
इस तरह से सोचकर अपनी सोच को ईशा ने आगे के लिए साफ किया । बस दुःख एक बात का रहा ईशा को और वो यह कि वो पीटर को माफ़ करना चाहती थी । वो चाहती थी कि आगे जीवन में पीटर भी खुले मन से जिए लेकिन "मैंने तुम्हें माफ किया " , ऐसा कहकर पीटर का मन हल्का करने का ईशा को मौका ही नहीं मिल पाया पर इसमें ईशा की कोई गलती नहीं थी, पीटर की ही थी।
अब अगर कोई आपकी बात तक सुनना न चाहे तो उसकी आप क्या मदद करें! तो अब ईशा ने पीटर के बारे में बहुत कम सोचना और अपने घर-परिवार पर ज़्यादा ध्यान देना शुरू कर दिया क्योंकि उसकी ज़िंदगी को इसी की ज़रूरत थी।

अपने पास मौजूद पीटर की यादगारों की डायरी के पन्ने पलटना बंद करने से पहले ईशा ने उस डायरी में पीटर की उस आखरी यादगार यानि उसके बंद पड़े फोन नंबर को और शुमार किया। लेकिन ईशा जानती थी कि अगर उसने इस नंबर को संभाला तो यह नंबर उसे याद दिलाता रहेगा कि वो नए पीटर को जानना चाहती थी जो सर्दियों में कभी-कभार नज़र आने वाले सूरज के जैसे बस एक झलक दिखाकर कहीं गायब हो गया था, अपने पीछे सूना आसमान छोड़कर।
ईशा की खास बात यह थी कि वो ज़िंदगी की हर बात को कोई मायना तो देती ही थी। तो अब पीले फूलों और गुडबाय मैसेज वाली चिट्ठी के साथ, कभी ज़िंदगी का खुबसूरत हिस्सा रही इन यादों को जो पीटर और ईशा की कॉलेज की तस्वीरों के साथ ईशा की लिखी एक डायरी भर थी, तो इन यादगारों को ईशा ने अब नदी में बहाने का फ़ैसला किया । मानो जैसे उस डायरी और पीटर की तस्वीरों को खुद से दूर कर लेना, यह ईशा का तरीका था अपनी ज़िंदगी से चले जाने को उतावले पीटर को आखरी विदाई देने का ।...

पीटर को अलविदा कहने के बाद अब ईशा पूरी तरह तैयार थी अपनी लाइफ में व्यस्त हो जाने और व्यस्त लाइफ की भागम-भाग संभालने के लिए भी। पीटर को भूलना चाह रही थी तो ज़िन्दगी अच्छे से उसकी उम्मीद को पूरा कर भी रही थी , उसे बस साथ देना था जो वो दे रही थी।

रास्ते के स्टेशन के जैसे पीटर को पीछे छोड़कर अपनी मंज़िल यानि एक सुखी परिवार के लिए अपने पति विनीत के साथ से ज़िंदगी की हर खुशी अब बस ईशा पा लेना चाहती थी। लेकिन क्या यह सब इतना आसान होता है कभी?.... ईशा ने पाया कि यह सब इतना भी आसान नहीं है बल्कि उसके मामले में तो यह और भी मुश्किल होता जा रहा है ।

नहीं, ईशा की घर-गृहस्थी और काम से जुड़ी कोशिशों को संभालने में कोई कमी नहीं थी। पर बात यह थी कि शादी के एक साल बाद ईशा को अब लगा कि विनीत के साथ कुछ तो हुआ है!

वैसे तो शादी के चंद महीने बाद ही विनीत का व्यवहार थोड़ा सा बदल गया था; उसका ईशा से व्यवहार, बोलचाल और अपनापन , सब में ईशा को फर्क महसूस हो रहा था पर उन दिनों वो कुछ ज्यादा नहीं था।... ईशा जानती थी कि शादी के बाद हर इंसान थोड़ा-बहुत बदल ज़रूर जाता है लेकिन अब तो यह बदलाव कुछ ज़्यादा ही हो गया था और दिनों-दिन बढ़ रहा था। पर ईशा को दिक्कत इस बात से हो रही थी कि अब यह उसकी ज़िंदगी में घने अंधेरे के जैसे फैल रहा था क्योंकि विनीत में होता यह परिवर्तन ईशा और विनीत के रिश्ते में प्यार को घटा रहा था । पर ऐसा क्यों हो रहा था?... गड़बड़ कहां हो गई थी?

रिश्तों के सांचे में पता नहीं कहां पर एक छेद था जो नज़र तो नहीं आता था कि भरा जा सके। पर जिस छेद के रास्ते वो प्यार बहकर रिश्तों को खाली करता जा रहा था, जिस प्यार को लेकर शुरुआत में विनीत और ईशा दोनों का ही यही मानना था कि यह प्यार उनके रिश्ते में भरा रहेगा और बस भरा ही रहेगा।

दोस्ती का रिश्ता ही हर रिश्ते की रीढ़ होता है वैसे , चाहें दुनिया का कोई भी रिश्ता क्यों न हो। किसी वजह से यह रिश्ता मुक्कम्मल नहीं हो सका इस जोड़े के बीच। एक साल तक हालात ज़रूर बने रहे जिससे ईशा और विनीत की गृहस्थी का काम चला पर उसके बाद जल्द ही खाली पड़े रिश्ते में प्यार की जगह कड़वाहट लेती चली गई और जिस कड़वाहट को ईशा चाह के भी फैलने से रोक नहीं पाई।...

.... विनीत की ज़िंदगी में शायद अब कोई और भी थी.... अक्सर ऐसा ही होता है न। पर ईशा इस बारे में न ही जानना चाहती थी न ही सोचना,

क्यूंकि इस जगह वो खुद को भी पूरी तरह निर्दोष कहां मानती थी! उसका भी तो पीटर से एक रिश्ता रहा था कभी अतीत में ,विनीत की ही खातिर जिसे वो विनीत से छुपाती आई थी आज तक।

अब अपनी तमाम कोशिशों के बाद भी अपने रिश्ते में जब खालीपन महसूस होता ही रहा ईशा को, यानि शादीशुदा ज़िंदगी गड़बड़ाने की अब जब शुरुआत हो रही थी शादी के दो साल के अंदर ही और हर तरह से सोचने पर भी इसकी जब कोई दूसरी वजह ही समझ नहीं आई , तो यह सोच कर कांप उठी ईशा कि हो न हो विनीत को ज़रूर कहीं से पीटर और उसके अतीत के किस्सों के बारे में पता चल गया है!

ऐसी बातें वाकई में छुपाए नहीं छुपती और ईशा भी यह जानती थी। लेकिन बुरा तब होता अगर विनीत खुद से कुछ कहता , क्योंकि अगर उसे वाकई में सबकुछ पता चल गया था तो उसकी नाराज़गी , उसका बदला हुआ रूखा मिज़ाज ईशा को एक इशारा था कि विनीत चाहता है कि ईशा खुद उसे सब सच बताए और गलती माने कि उसने अपने पति से यह सब छुपाया।

इस हिसाब से देखा जाए तो विनीत के बढ़ते गुस्से के मायने थे कि वो नाराज़ है क्यूंकि ईशा उसके इशारों को नहीं समझ रही !

यानि ईशा जितना देर कर रही थी वो विनीत का भरोसा खोती जा रही थी । देखा जाए तो किसी भी पति के लिए है तो यह वाकई गुस्से की बात।...हो सकता है कि विनीत को शायद यह लगता होगा कि ईशा के दिल में अब भी पीटर को लेकर कुछ न कुछ बाकी ज़रूर है। ऐसे में विनीत का गुस्सा वाकई लाज़मी था।

ईशा अब यह समझ पा रही थी कि विनीत चाहता है कि वो अपने आप उसे सब सच बताए । पर फिर भी सब जानते हुए भी ईशा और कुछ दिन खामोश ही रही क्योंकि सारा कुछ सिर्फ़ बताना ही नहीं था बल्कि साथ-साथ में गुस्साए पति को मनाना भी था, तो इसलिए बातों को तैयार कर रही थी ईशा कहने के लिए। और बाकी सभी तरीकों से विनीत का भरपूर ध्यान तो वो रख ही रही थी।

आगे जब तक विनीत को पीटर के बारे में सब सच कहने को तैयार हो पाती ईशा, कुछ महीने और बीत गए थे। और यह ईशा के लिए अच्छा ही

रहा क्योंकि इससे वो समझ गई कि विनीत को पीटर के बारे में कुछ भी नहीं पता है!
वो विनीत को इतना तो जानती ही थी कि उसे पता था कि उसके पति के सब्र की हद किस हद तक है।

विनीत के मामले में वो हद तो कब की निकल चुकी थी और सब्र का बांध टूटने के बाद ऐसी बातों को कोई इंसान एक बार तो उगलता ही है । .... विनीत के बढ़ते गुस्से का कारण पीटर तो बिल्कुल नहीं था। यानि पीटर के बारे में विनीत को बताना गड़े मुर्दे उखाड़ने जैसा हो जाता, जो रिश्ते की हालत और बिगाड़ सकता था । तो अब इसे समझते हुए चुप ही रही ईशा।

विनीत की नाराज़गी की बाकी जो-जो भी वजहें ईशा सोच सकी, वक्त उनमें से हर वजह को ख़ारिज कर चुका था। अब तो एक ही कारण हो सकता था और जो विनीत छुपा रहा था कि वाकई उसकी ज़िंदगी में कोई पराई औरत आ चुकी थी और वो विनीत को झांस रही थी। उसके मन को फांस रही थी और जिसके साथ होने की इच्छा ही विनीत से उसके गुस्से को एक औजार की तरह इस्तेमाल करवा रही थी , उसकी ज़िंदगी से ईशा को निकाल बाहर करने के लिए।
ईशा के अपने रिश्तों को निभाने में कोई कमी नहीं थी यह बात सब जानते थे। ईशा के मायके वाले ही नहीं ससुराल वाले भी इस सच को मानते थे, इसीलिए ईशा की तमाम कोशिशों के बावजूद भी ईशा और विनीत के बीच बढ़ती दूरियों की वजह वो नहीं समझ पा रहे थे । ज़्यादातर सब यही मानकर चल रहे थे कि वक्त बीतने के साथ सब ठीक हो जाएगा, लेकिन वक्त बीतने के साथ हालात सुधरने नहीं वाले थे।

प्यार कहां चला गया था ईशा-विनीत के रिश्ते में ? तो ईशा भी इस सच को अब जानती थी कि उनके रिश्ते में प्यार को एक बाहरी दीमक खा गई थी । लेकिन तो भी ईशा मान कर चल रही थी कि अपनी कोशिशों से वो विनीत को सही रास्ते ले आएगी।
अपने पराए संबंधों को अपने गुस्से के पीछे छुपा रहा था विनीत पर क्या जानता होगा वो कि ईशा से कुछ न छुपा था। पर क्योंकि पीटर का सच विनीत से छुपाने की वजह से ईशा खुद को भी पूरी तरह वफादार

नही मानती थी, तो प्रायश्चित के तहत भी वो विनीत का तमाम गुस्सा सहकर भी अपने रिश्ते को बचाए हुई थी।

दिन अब भी मुश्किल थे क्यूंकि ईशा के दिल को अब भी प्यार का इंतज़ार था । कहने को तो पीटर की हर याद से पीछा छुड़ा चुकी थी वो और ऐसे हर कारण को भी मिटा चुकी थी जो उसे दुबारा पीटर की याद दिलाता। लेकिन सच तो यह है कि आगे वो मुश्किल दिन कुछ आसान अगर हो सके थे तो सिर्फ़ पीटर के साथ से।

पीटर दुबारा लौटा था? .... हां वो वाकई दुबारा लौटा था ईशा के पास लेकिन इस बार एक ख्याल के जैसे।

विनीत खुश नहीं था ।.... ईशा को पता था कि विनीत को मनाने की उसकी कोशिशों के अभी उतने मायने नहीं होंगे । विनीत को सही रास्ते पर आने में वक्त लगेगा!

ईशा की कोशिशों से ; जैसे वो बढ़-चढ़कर एक पत्नी , एक बहु के सारे फर्ज़ निभा रही थी , यह सब विनीत को यह महसूस कराने का ज़रिया था कि प्यार भरे इस आशियाने को उजाड़ देने से कोई खुशी उसे हासिल होनी नहीं है। अगर विनीत इसे समझ लेता तो फिर भी कुछ उम्मीद थी। लेकिन ईशा को इस मुश्किल इंतज़ार के रास्ते चलकर अभी लंबी दूरी तय करनी थी जबकि प्यार की प्यास अभी से बहुत तेज़ हो चली थी।

ईशा बहुत ज्यादा उम्मीद तो नहीं कर रही थी हालात जल्दी सुधरने की। मन को समझा भी रखा था सब्र करने को, पर सच तो यह है कि वो इसमें नाकाम होती जा रही थी और हो ही जाती अगर पीटर ने उसे नहीं थामा होता। पर इस बार पीटर शरीर से आसपास कहीं भी नहीं था ईशा की ज़िंदगी में , वो बस एक ख्याल के जैसे ईशा के पास था इस बार ।....

.... विनीत तो ईशा की कोशिशों से खुश होता ही नहीं था बल्कि जितना ईशा की कोशिशें बढ़ती उतना उसका गुस्सा बढ़ता। लेकिन ईशा यही सोचती कि एक दिन विनीत समझेगा और तब वो सुधर जाएगा, और फिर बहुत खुश होगा यह सोचकर वो कि उसकी पत्नी ने हार नहीं मानी थी।

ईशा की नज़रे इस सुनहरे सपने को तकती। इस सपने के अलावा ईशा को दिखते उसके घर वाले बाकी लोग भी जिनकी ज़िंदगी में अगर चैन

पसरा हुआ था तो सिर्फ़ इसलिए क्योंकि ईशा ने अपना घर जोड़कर रखा हुआ था। पर कोई था जो ईशा को इस मेहनत में लगे देख मुस्कुराता भी था और वो पीटर था!

ईशा को प्यार बिना गुज़र रहे अपनी ज़िन्दगी के फिलहाल के यह दिन ऐसे महसूस होते थे मानों जैसे रेगिस्तान में बसे किसी गांव में रहने वाली बंजारन को सूखे के चल रहे दिनों में बारिश का इंतज़ार होता है न , कुछ वैसे ही! बादलों को देखने आसमान को तकते हुए प्यार की बारिश के इंतज़ार वाली हालत ईशा की भी वैसी ही थी। किसी तरह से उसे बस अपना धीरज बचाना था । ज़िंदगी का यह सुखा मौसम पार करने के बाद उसे यकीन था कि प्यार बरसेगा।

सूखे के इन दिनों में ईशा को अपनी शादीशुदा ज़िंदगी को बचाने की ताकत अपने इस विश्वास से मिलती थी कि वो विनीत को सही रास्ते ले आएगी, लेकिन इस विश्वास को ताकत देने वाली प्रेरणा यह सोचने से भी मिल रही थी कि पीटर उससे बोल भले ही नहीं रहा लेकिन उसे दूर से देख रहा हो सकता है!

ईशा का मन उसे कहता कि हो सकता है कि वो (पीटर) चैन मनाता हो यह सोचकर कि ईशा अपने घर में खुश है जिसकी खातिर वो ईशा से बहुत दूर चला गया , यहां तक कि एक दोस्त के जैसे भी पास नहीं रहा!

ईशा की सोच बेबुनियाद नहीं थी क्योंकि वो जानती थी जैसा कि उसे यकीन था कि पीटर उससे दूर इसीलिए ही गया है। ....आप जिसके लिए मेहनत करते हैं उस बात के पूरा होने की सोच आपको सुकून तो देती है । ईशा को तो अपनी कल्पना में यूं लगता मानों जैसे पीटर खुश हो रहा हो उसे देखकर ; विनीत की बेवफाई के बाद भी ईशा की घर को जोड़े रखने और घर से अपने दिल को जोड़े रखने की उसकी मेहनत को देखकर। और कमाल तो यह है कि विनीत से शादी के वक्त यह सोचा करती थी ईशा कि विनीत का प्यार पीटर की हर याद और उससे जुड़े दिल पिघलाने वाले हर एहसास को भुलाने का ज़रिया बनेगा।....

... विनीत को क्या पता कि बेवफाई करके उसने ईशा का कितना बड़ा नुकसान कर दिया क्यूंकि जितना ईशा पीटर को भूलने की कोशिश करती थी उससे ज़्यादा उसे याद दिला दिया ।

ईशा सात फेरों के वक्त सच्चे मन से विनीत की हुई थी इसीलिए ईशा का हर नुकसान देखा जाए तो उसका फायदा ही बना , जो वो चाह रही थी उसके लिए एक मदद और ताकत जैसा काम करता चला गया।.... वैसे एक बात तो माननी पड़ेगी कि कुदरत ने दिलचस्प बनाया है इंसान के मन को भी जो हर वक्त अपनी मदद और इलाज खुद ही करने में लगा रहता है, पर उससे भी दिलचस्प होता है सच्चा प्यार जो आपको दूसरे के मन से काम लेना सिखाता है।

कमाल की बात है कि पीटर की खातिर भी अपने रिश्ते को टूटने से बचाना चाह रही थी ईशा।

शायद वो यह समझ चुकी थी कि जीवन को या रिश्तों को कभी कोई एक वजह नहीं बचाती बल्कि वो रिश्ते तो बहुत ज़्यादा असुरक्षित होते हैं जिनकी हिफाज़त कोई एक मकसद या वजह कर रही होती है।...हां पर इतना तो है कि प्यार पाने और देने की इच्छा जिसे मैं 'एलिमेंट ऑफ लव' कहता हूं, यह ज़रूर रिश्तों को बचाने वाली बाकी तमाम वजहों के बीच सबसे मुख्य वजह के जैसे रहती है ; रिश्तों की नींव, उनका पक्का आधार बनकर ।

प्यार पाने की सच्ची इच्छा से भरे किसी इंसान को ही यह बात समझ आ पाती है कि ज़िंदगी जो कुछ भी दे उसी से ज़िंदगी और रिश्तों को बचाने की वजह बना लेनी चाहिए , प्यार को आधार रखते हुए।

ईशा भी ज़रूर इस कला को जानने लग गई थी क्योंकि ज़िंदगी ने उसे सिखा दिया था । क्या ऐसा ही होता है प्यार में? .... हां शायद ऐसा ही, अगर सच्चा प्यार हो जाए।

सच्चा प्यार कभी कमज़ोरी नहीं होता , ताकत होता है। जिस ताकत के सहारे से ही अब भी विनीत के मन में प्यार जगाने में लगी हुई थी ईशा आज इस वक्त भी जब विनीत पक्का इरादा कर चुका था कि उसे ईशा से हर संबंध अब तोड़ लेना है।

तलाक! हां, तलाक ही लेना चाह रहा था विनीत ईशा से। उसकी इस सोच के खुलासे ने घर के सभी लोगों को चौंका दिया ।

ईशा और विनीत के बीच कुछ अनबन का तो सबको पता था लेकिन

हालात इस हद तक बिगड़े हुए हैं, भला यह किसे पता था! ..... ईशा हालांकि यह तो जानती थी कि उसके और विनीत के बीच संबंधों में सुधार नहीं हो रहा है लेकिन फिर भी विनीत ने अपने इस फैसले से उसे बुरी तरह चौंका दिया था।

अभी और कई दिन कई तरह से विनीत को सही रास्ते लाने की कोशिश करने वाली थी ईशा सिर्फ़ एक अच्छी पत्नी बनकर। लेकिन हालातों ने अचानक जैसे करवटें लेना शुरू किया था, ईशा समझ गई कि उसे फिलहाल के लिए विनीत से दूर हो जाने की ज़रूरत है।.... पीटर की वजह से ईशा यह तो जानती ही थी कि अपने प्यार से दूर जाने का तरीका क्या है?... यह झटके से कर देना होता है, बिना ज़्यादा देरी किए वरना बहुत मुश्किल हो जाता है और ईशा ने किया भी ऐसा ही। इस तरह वो विनीत से दूर इस अपार्टमेंट बिल्डिंग में रहने चली आई जिसमें वो आजकल रह रही थी ।.... अलग कर तो लिया खुद को लेकिन तकलीफ़ बहुत हुई ।

ईशा के ससुराल वाले उसे मनाने नहीं आए क्योंकि मनाने का सवाल तो तब होता जब उन्हें लगता कि ईशा उनसे या विनीत से नाराज़ है ।

ईशा के घर पर शुरू से सबको पता था कि ईशा नाराज़ नहीं है किसी से भी क्योंकि वो ऐसी है ही नहीं। वो बुलाने पर जल्दी से वापस चली भी आएगी और आ सके इसीलिए तो दिल्ली में ही दूसरा घर ले लिया,अपने मायके भी नहीं गई ।

ईशा के मायके जब यह खबर पहुंची तो उन्हें बुरा लगा कि ईशा ने उन्हें कुछ क्यों नहीं बताया ? ...ज़ाहिर है कि ईशा अपने मायके में किसी को भी परेशान करने से बच रही थी पर खबर तो पहुंचनी ही थी। और जब ख़बर पहुंची तो उनको भी बहुत झटका लगा यह सब जानकर क्योंकि अब तक तो वो यही मानते आए थे कि उनकी बेटी ससुराल में खुश है । पर अब उन्हें पता चला कि वो हालातों से जूझती रही थी और अभी भी जूझ ही रही है।

विनीत के ससुराल वालों तक यह सारी बातें पहुंच जाना , विनीत की वजह से ईशा को हुआ दूसरा बड़ा नुकसान था । ईशा तो कभी भी नहीं चाहती थी कि उसकी ज़िंदगी की तपिश औरों तक भी पहुंचे । उसका बस चलता और सब उसके मुताबिक चलता तो उसके जीवन का तूफान पूरा

गुज़र जाता। विनीत भी सुधर जाता और किसी को पता भी नहीं चलता कि कुछ बहुत बड़ी गड़बड़ भी कभी थी इनके बीच।

ईशा तो उस पेड़ के जैसे बनना चाहती आई थी जो तूफानों में डटकर भी अपनी पनाह तले रहने वालों को आराम और सुरक्षा देता रहता है, तो उससे भला किसे शिकायत होनी थी । और क्योंकि विनीत की वजह से ईशा को चले जाना पड़ा था तो विनीत से अब सबको शिकायत हो रही थी। पर ज़्यादा विनीत से कोई कुछ कह भी तो नहीं सकता था इसलिए सब विनीत को बस समझा रहे थे अपने अलग-अलग तरीकों से। सभी को ईशा से सहानुभूति थी।

देखा जाए तो ईशा की विनीत को मनाकर सही रास्ते ले आने की कोशिश वाकई सच्ची साबित हुई थी क्योंकि भगवान भी नहीं चाहता था कि यह कोशिश रुके। इसीलिए तो अब जब इन कोशिशों को करने के लिए ईशा विनीत के पास नहीं थी तब भी यह कोशिशें हो रही थीं, लेकिन क्या इन कोशिशों से कुछ नतीजा भी निकलना था?...

.... ईशा को अभी अपनी बदल चुकी नई ज़िंदगी को जीते थोड़े से ही दिन हुए थे कि ईशा की सास दमयंती देवी अपनी बहू के घर उससे मिलने पहुंचीं ।

अपनी सासू मां को घर आए देख ईशा को मन में उम्मीद सी बंधी कि हो सकता है कि विनीत ने उसे घर वापस बुलवाया हो अपनी मां के ज़रिए । पर एक हिचक भी हुई ईशा को अपनी सासू मां को अपने पास आया देख क्यूंकि अगर विनीत ने नहीं बुलाया होता तो तब तो एक ही बात हो सकती थी और वो यह कि आज दमयंती देवी अपनी बहू को घर वापस चलने के लिए मनाने उसके घर आई थीं। ऐसे में तो उसे "न" ही कहना पड़ता उन्हें , भले ही ईशा उनकी कितनी भी इज्जत क्यों न करती थी ।

क्योंकि विनीत का बुलावा भेजे होने की उम्मीद तो कम ही थी तो ईशा को लगा कि जब होने यह सब दर्दनाक ही वाला है तो जल्दी से बीत जाना चाहिए; उसे जल्दी से अपनी सास को यह सच जता देना ठीक लगा कि बिना विनीत के बुलाए अब वो घर वापस नहीं आ सकेगी!

तो अपने घर में अपनी सास को प्यार से अंदर लाकर ईशा का उनसे

अगला सवाल था ," विनीत ने कुछ कहा है क्या आपसे मम्मी जी? " दमयंती देवी समझ गई कि उनकी बहू उनसे क्या जानना चाह रही है। पर ईशा के इस सवाल को सुनकर वो मन ही मन बहुत खुश हुईं क्यूंकि अब तक वो इसी झिझक में थीं कि कहीं ईशा अपने घर के लोगों से तो नाराज़ नहीं है । लेकिन जब ईशा ने ही जल्दी से जानना चाहा तो दमयंती देवी को लगा कि उनकी बहू भी घर लौटने की जल्दी में है और जो कि सच बात ही थी, तो इससे दमयंती देवी बहुत खुश हुईं।

खुश तो अब ईशा भी होने वाली थी क्योंकि दमयंती देवी अपनी बहू के घर खाली हाथ नहीं आई थीं! ईशा के सवाल के जवाब में उन्होंने ईशा को कहा कि उनकी विनीत से बात हुई है और विनीत ने उनसे कहलवाया है कि उसे ईशा को घर वापस बुलाने पर ऐतराज नहीं है पर उसे थोड़ा वक्त चाहिए ।

ईशा के लिए यह कोई छोटी खुशखबरी नहीं थी । उसे तो ऐसी खुशी हुई जैसे कि विनीत ने उसे अपने घर में वापस आने की ही नहीं बल्कि दुबारा से अपनी ज़िंदगी में वापस आने की इजाज़त दे दी हो, जो ईशा कब से पाना चाह रही थी। ...अब बस थोड़े समय की बात थी।

उसकी खुशी उसके चेहरे पर चमक उठी थी , आंखें भरने लगीं पर उसने रोका और शब्द तो भरे गले में अपने आप ही रुक गए।

ईशा खुश थी और वहां से विदा होती दमयंती देवी भी खुश थीं कि उन्होंने अपनी बहू के मन का बोझ हल्का किया है।

प्यार को एक नदी मानकर जिस तक पहुंचने को तन्हाई के लंबे रेगिस्तान में मुसाफिर बनी ईशा जो कब से इस नदी की ओर चलती हुई आई थी, तो उसे लगा कि उसका सफर अब जल्द ही पूरा होने को है । ...नदी तक तो नहीं पहुंची यह मुसाफिर लेकिन नदी ही बादल बनकर आ पहुंची थी। ईशा की ज़िंदगी का रेगिस्तान अब ठंडी हवा के झोंखों से सराबोर था और ईशा से अब सब्र नहीं हो पा रहा था ।

उम्मीदों के फूल फिर से खिले थे , बस गुलदस्ते सा बनाकर प्रेमी को देने थे। अपनी सास के भरोसा दिलाने के बाद भी ईशा ने माना कि उसके और विनीत के बीच सबकुछ एकदम से ठीक तो नहीं होगा पर एक सामान्य शुरुआत भी हो जाए तो भी बहुत है।

तो यह थी ईशा की आज तक की ज़िंदगी की कहानी । अपनी इस नई ज़िंदगी को जीना उसने तब शुरु किया था जब विनीत तलाक के फ़ैसले पर अड़ने लगा था , तो ईशा उस वक्त सिर्फ़ अपनी मौजूदगी से विनीत की ज़िंदगी से हट गई थी।

उसके बाद विनीत ने ईशा से समय मांगा तो क्या उसके बाद सबकुछ ठीक होने लगा था?.... ऐसा नहीं हुआ था!

विनीत ने कभी यह नहीं बताया कि उसे ईशा को फिर से अपनाने के लिए कितना वक्त चाहिए?

एक साल बाद वो अभी भी वक्त ही ले रहा था । ईशा की ज़िंदगी में उम्मीदों के खिले फूल मुरझा गए थे पर ईशा को विनीत से कोई गिला नहीं था। वो आज भी उसके कहे पर विश्वास करती थी।

यह वाकई सच हो सकता था कि विनीत वाकई में ईशा को पक्के तौर पर वापस लाने की तैयारी कर रहा था और इसी तैयारी में उसे वक्त लग रहा था क्योंकि कोई तो वजह ज़रूर रही होगी जो उसने अपनी मां को संदेश देकर ईशा के पास भेजा होगा।

"विनीत का बुलावा जल्द आएगा", आज अभी थोड़ी देर पहले तक भी ईशा का यह विश्वास कायम था जब तक उसे घर की सफाई करते हुई पीटर की दी वो पायल नहीं मिल गई।

इस पायल ने ईशा के मन को थोड़ा सा मरोड़ सा दिया । ईशा को अब विनीत पर गुस्सा आया । अचानक ही ईशा का सब्र जवाब देने लगा। उसे लगने लगा कि उसका इंतज़ार कभी खत्म नहीं होने वाला क्यूंकि विनीत ने उसे मन से दूसरा मौका कभी दिया ही नहीं था, तभी तो वो लौट नहीं पाया उसके पास ।

यह एक तरह का धोखा था । विनीत के इस रवैए से तंग आकर अब ईशा ने एक फैसला किया; उसने सोचा कि ऐसा हो सकता है कि विनीत कुछ न कुछ कोशिश कर रहा हो पर अब इस बारे में वो ज़्यादा नहीं सोचेगी!

ईशा ने माना कि ज़िंदगी में विनीत की जगह तो वो किसी और को नहीं देगी पर अब वो उसका और इंतज़ार भी नहीं करेगी । अगर ज़िंदगी ऐसे ही रहने वाली है तो इसे खुलकर और खुश रहकर ऐसे ही जीएगी।....

.... सोचना तो आसान था, तो भी यह एक बिल्कुल नई शुरुआत होने

वाली थी जिसके लिए हिम्मत चाहिए थी। लेकिन अब जब ईशा पक्का इरादा कर ही चुकी थी तो ईशा के मन ने उसके दिमाग को डरते हुए एक सुझाव दिया। ईशा के मन ने उससे कहा कि," क्यों न पीटर से मिलकर आया जाए!"

अब जो चल रहा था ईशा के दिमाग में वो बस यही था कि पीटर के मम्मी-पापा से एक बार मिलकर आया जाए।

शादी के पहले तो इस बात ने ईशा को पीटर के माता- पिता के पास जाने से रोका था जो वो सोचती थी कि जब पीटर उससे मिलना ही नही चाहता तो उससे मिलने क्यों जाना है ?

उस वक्त यह भी तो नहीं जानती थी ईशा कि पीटर का उसकी ज़िंदगी में फिर से लौट आने का मकसद क्या है? हालांकि कुछ खास तो वो अब भी नहीं जानती थी इस बारे में।

शादी के बाद ईशा फिर विनीत की वजह से कभी भी पीटर के माता-पिता के घर नहीं गई क्योंकि अपनी ज़िंदगी के इस पुराने अध्याय को उसे विनीत से हर हाल में छुपाना था!... कुछ यह भी बात थी कि ईशा जानती थी कि पीटर छोटी उम्र से ही अपने मम्मी-पापा से अलग रहने लग गया था, तो अब से पहले जब भी पीटर से मिलने के लिए पीटर के पुराने घर उसके मम्मी-पापा के पास जाने का ख्याल ईशा को आया तो उसने हर बार यही सोचा कि "वहां भी पीटर से रूबरू होकर बात करने का मौका तो मिलेगा नहीं , होगी तो फोन पर ही बात और पीटर उससे बात करना चाहेगा नहीं!"

बहुत ज़्यादा जानना या बहुत ज़्यादा सोचना भी कई बार ज़रिया बनता है बहुत कम पाने का ,या तो बनता है कारण कुछ बहुत ज़रूरी न जान पाने का और ईशा के मामले में कहें तो जो बहाना बना पीटर से न मिल पाने का, और कैसे? अब बस यही जानने जा रही थी ईशा।

अब ईशा ने आखरी बार विचार किया कि उसे पीटर से मिलने जाना चाहिए या नहीं? पर फिर सोचा कि रिश्तों को बचाने के लिए इतना करने के बाद भी उसे माना तो कुसुरवार ही जाता रहा है आज तक। तो ईशा ने फैसला किया कि विनीत को पीटर के बारे में पता लगना है तो लगे और उसके बाद वो जो भी सोचे ,पर पीटर से मिलने की एक कोशिश तो हर

हाल में अब पूरी करके ही रहना है!
आगे क्या होगा, क्या न होगा? यह सारी टेंशन भुलाकर आज चल दी ईशा पीटर के मम्मी-पापा से मिलने उनके घर, अपने घर की साफ-सफाई का काम अधूरा छोड़कर।

पुरानी जानकारियों को याद करते हुए पीटर के घर जाती ईशा का दिल अब जोरों से धड़क रहा था । दिमाग भले ही जानता था कि वो पीटर से मिलने नहीं जा रही , पीटर तो वहां होगा भी नहीं पर दिल है कि मानता नहीं न। लेकिन थोड़ी देर में दिल भी समझ गया और ईशा की धड़कने सामान्य हो गईं। ईशा ने अब सोचा कि अगर पीटर के मम्मी-पापा ने उसे पीटर से मिलाने या बात कराने से मना कर दिया तो?...
.....थी तो यह भी ऐसी ही बात जो मुश्किल से सामान्य हुई ईशा के दिल की धड़कनें तेज़ बना देने के लिए काफी थी । पर ईशा ने फ़ैसला किया कि उसे अब ज़्यादा फिक्र नहीं करना है। जो होगा सो होगा!
कुछ न कुछ करके , कैसे भी ईशा को बस उन्हें मनाना ही था कि वो अपने बेटे को बुला दें। उस वक्त ईशा ने बस इतना ही विचार किया।
अपनी पुरानी याददाश्त का पीछा करते हुए जल्दी ही वो अपनी गाड़ी भगाते हुए पीटर के घर जा पहुंची , मेरे कहने का मतलब है कि वो पहुंच गई पीटर के माता- पिता के घर , मिलने को पीटर की मां मैरी और पिता थॉमस ब्रिगेंज़ा से।

पीटर के माता-पिता ने ईशा का वेलकम किया। ईशा को हैरानी हुई कि वो सालों बाद भी आज भी उन्हें अच्छे से याद थी जबकि वो पहले उनसे बस एक-दो बार ही मिली थी।
कमाल तो यह है कि ईशा को उन्हें बताना नहीं पड़ा कि वो वहां उनके पास क्यों आई है? उन्हें पहले से पता था कि ईशा वहां पीटर से मिलने आई है। पर उन्होंने ईशा को यह भी स्पष्ट किया कि वो उसे पीटर से मिलाने में असमर्थ हैं , नहीं मिला सकते वो पीटर को उससे और न ही उसका पता दे सकते हैं ईशा को।....तो क्या पीटर के माता-पिता भी यह मानते थे कि उनके बुलाने पर भी उनका बेटा ईशा से मिलने नहीं आएगा?

ईशा ने अब उन्हें समझाना चाहा क्योंकि उसे लगा कि शायद वो लोग उसकी बात ठीक से समझ नहीं पा रहे हैं ,तो उसने उन्हें बताना चाहा कि

उसका पीटर से मिलना कितना ज़रूरी है !
लेकिन न समझ पाने जैसी कोई बात ही नहीं थी। पीटर के मां-बाप अच्छे से सब समझ रहे थे। पर कुछ बात थी जो उनके होठों से बाहर आने को तैयार ही नहीं थी। जबकि इधर ईशा उन्हें मनाए जा रही थी जैसा कि प्लान करके वो यहां आई थी ।
मैरी और थॉमस जल्द यह समझ गए कि आज ईशा पीटर से मिलने का पक्का मन बनाकर आई है , कम से कम उससे बात किए बिना तो वापस जाने वाली नहीं है!
सीधी-साधी ईशा क्या पराए लोगों से आज इतनी ज़िद कर जाने वाली थी कि उनके घर के बाहर बैठ जाने वाली थी अगर वो उसकी बात न मानते?.... मुझे नहीं पता क्योंकि ऐसी नौबत नहीं आई।

पीटर से मिलने के लिए ईशा को परेशान होते देख मैरी ने अब उसे कहा कि पीटर ने उनके पास उसे देने के लिए कुछ रख छोड़ा है जो वो उसे दे देंगे, और जहां तक बात है पीटर से मिलाने की या फ़ोन पर बात कराने की , तो वो यह नहीं कर पाएंगे क्योंकि पीटर अब एक ऐसी जगह पहुंच चुका है जहां फोन नहीं लगता!

ईशा को अब पीटर के मम्मी-पापा से यह पता चला कि उसने पीटर से मिलने आने में काफ़ी देर कर दी है क्योंकि पीटर अब इस दुनिया में नहीं है और इस बात को हो भी काफी दिन गए हैं।
थॉमस अपनी पत्नी की बातों से हैरान हो गए क्यूंकि वो नहीं जानते थे कि उनके बेटे ने ईशा को देने के लिए घर में कुछ रखा भी हुआ है।

मैरी ने अब ईशा से माफ़ी मांगी जो इस बारे में वो उसे बताना नहीं चाह रही थी क्योंकि वो नहीं चाह रही थी कि कोई आकर उनके बेटे की यादों को नुकसान पहुंचाए।...
...यह तो एक मां की ममता थी। ईशा भी समझती थी तो उसने उनसे कुछ नहीं कहा। वैसे भी मैरी अब ईशा को पीटर की वो चीज़ देने को राज़ी हो गई थी तो अब तो बुरा मानने वाली कोई बात ही बाकी नहीं बची थी।

ईशा को पीटर से मिलाने के लिए ,मेरे कहने का मतलब है कि पीटर की छोड़ी हुई उस चीज़ को ईशा को देने के लिए ईशा को अपने साथ ले जाने लगी मिसेज़ ब्रिगेंज़ा ।

पीटर के कमरे की ओर बढ़ते हुए सोच रही थी ईशा कि," वो(पीटर) वाकई मुझसे कुछ कहना चाहता था!"
मैरी और ईशा अब पीटर के कमरे की ओर जा रहीं थीं और जिसका रास्ता मैरी के कमरे से होकर जाता था क्यूंकि पीटर के सालों से बंद पड़े कमरे की चाबी वहीं पर थी।

मिसेज़ ब्रिगेंज़ा ने अब ईशा से बोलना शुरू कर दिया था । उसे अपने दिल का हाल बताना शुरु कर दिया ; वो सारी बातें जो उन्होंने पीटर के दुबारा से घर रहने आने के बाद से महसूस की थीं उसको लेकर , जो बातें मैरी ने कही नहीं थी किसी से भी अब तक । लेकिन जैसे पीटर खास रहा था तो उसे लेकर बातों को भी अब खास तरह से कहना शुरु किया मैरी ने क्योंकि शुरु के बजाय उन्होंने आख़िर से बताना शुरु किया था ; उस वक्त से जब पीटर अचानक ही एक एक्सीडेंट में चल बसा था।
पीटर के अचानक दुनिया से चले जाने के दुःख ने मैरी और थॉमस को हिला कर रख दिया था। इस हादसे ने मैरी का तो दिल ही तोड़ दिया था। ज़ाहिर है बेटे के मरने का दुःख मां के लिए ही सबसे बढ़कर होता है।

मैरी ने अब ईशा को एक खास बात बताई उस बारे में जो उन्होंने पीटर के दुनिया से जाने के बाद महसूस किया था ,और वो यही कि पीटर को शायद अपनी मौत से पहले मौत के आने का पता चल चुका था। मैरी ने ईशा को कहा कि," उसे शायद मौत से चंद दिन पहले ही यह पता चल चुका था कि कुछ दिन बाद वो दुनिया में नहीं रहेगा!"
ईशा को यह सुनकर हैरानी हुई क्योंकि आखरी बार जब पीटर से बात हुई थी तब भी पीटर अपनी मौत के वक्त के बारे में ही बात कर रहा था । लेकिन मैरी को क्यूं लगता था कि पीटर को अपनी मौत का एहसास हो गया था?

पीटर, जैसा कि मैंने बताया छोटी उम्र से ही मां बाप से अलग रहने लगा था पढ़ाई के लिए । उसका घर में मन कम ही लगता था। बाद में पढ़ाई बीच में ही छोड़कर फिर उसका काम में ही पूरी तरह रुझान हो गया था । कभी-कभार वो घर आया-जाया करता था लेकिन मैरी हमेशा से यह चाहती थी कि पीटर उनके साथ ही रहे। तो जब पीटर अपना सामान लिए

घर रहने आया तो मैरी बहुत खुश हुई थी । थॉमस भी खुश थे पर मैरी के लिए तो यह ऐसा था जैसे जीसस ने उनकी सालों की प्रार्थना स्वीकार कर ली हो।

पीटर के वापस लौट आने के बाद से मैरी का ध्यान कभी-कभी इस बात पर जाता रहता कि पीटर थोड़ा बदल गया है। पर बेटे के घर लौटने की खुशी इतनी ज़्यादा थी मैरी को कि तब मैरी ने इतना कुछ सोचा ही नहीं। लेकिन अब महीनों से मैरी यही सोच रही थी कि शायद पीटर को अपनी होने वाली मौत के बारे में पहले से ही पता चल गया था।
बात सिर्फ़ इतनी ही नहीं थी कि पीटर का बदला हुआ मिज़ाज , अपने में खोए-खोए रहकर वक्त बिताना, यह सबकुछ पहली बार पीटर में दिखा था मैरी को बल्कि बात कुछ और थी।

वो अजीब बात जिसने आज तक मैरी को सोच में डाला हुआ था वो यही थी कि अपनी मौत से ठीक एक हफ्ता पहले पीटर ने अपने कमरे का दरवाज़ा यह कहकर बंद कर दिया था कि जब ईशा उससे मिलने आए तो ही उसके कमरे का दरवाज़ा दुबारा खोला जाए ।
उसने और कुछ तो नहीं बोला पर मैरी समझ गई कि वो उनसे कुछ छुपा रहा है। मैरी ने पीटर से भी पूछा था कि कहीं वो उनसे कुछ छुपा तो नहीं रहा? पर पीटर ने मैरी से कहा कि ऐसा कुछ भी नहीं है, तो मैरी को लगा कि शायद कोई ऐसी बात होगी जो पीटर उनसे कहना चाहता है पर अभी कह नहीं पा रहा ।
मैरी ने ईशा को बताया कि यह सोचकर ही वो पीटर से ज़्यादा कुछ पूछ नहीं पाई क्योंकि उन्हें नहीं सुनना था पीटर से कि वो वापस जा रहा है। मैरी दुबारा यह नहीं सुनना चाहती थी।
अभी भले ही उसने अपने कमरे को बंद किया था पर घर छोड़कर नहीं गया था दुबारा से । मैरी ने ईशा को यह भी बताया कि अगले एक हफ्ते पीटर ने कोई दूसरा काम भी नहीं किया था । इतनी लंबी छुट्टी उसने अपनी ज़िंदगी में कभी नहीं ली होगी। हफ्ते भर वो घर पर ही रहा , मैरी और थॉमस के साथ वक्त बिताया जैसे जितना हो सके वो यह वक्त अच्छे से बिता लेना चाहता हो। ...जैसे कि उसके पास वक्त कम हो रहा हो!

मैरी ने ईशा को बताया कि आगे वो पीटर से बहुत गुस्सा हुई थीं क्योंकि उसे अपनी मां पर भी भरोसा नहीं था जो वो उनसे भी दिल का हाल छुपाते आया। उन्हें पीटर पर गुस्सा इसलिए भी था क्योंकि उसने घर में बिताया आखरी वक्त ऐसे बिताया था जैसे कि वो उन्हें छोड़कर कभी नहीं जायेगा । लेकिन घर तो घर ,पीटर तो दुनिया ही छोड़कर चला गया ।

गहरे दुःख के उन दिनों में मैरी अक्सर पीटर के बंद पड़े कमरे को बाहर से देखती पर कुछ समझ न पाती ; न तो यह कि यह दरवाज़ा क्यों बंद है? और न ही यह कि पीटर के मन में चल क्या रहा था ?

कई बार मैरी के मन में आया कि वो उस दरवाज़े को खोल ही दे ! उस कमरे में होना भी मैरी के लिए कुछ हद तक अपने बेटे के साथ होने जैसा ही होता । एक बार तो मैरी ने चाबी हाथ में भी ले ली पर तभी ख्याल आया कि उस कमरे को बंद ही रखना होगा ! पीटर ने यही तो उनसे आखरी दफा मांगा था । उसके अचानक चले जाने के बाद यही तो उसकी आखरी इच्छा बन चुकी थी और जिसको हर हाल में पूरा करना ही था मैरी को चाहें वो कितना ही उससे नाराज़ थी। तो मैरी ने चाबी वापस रख दी और आज ईशा के आने के दिन तक रखे ही रहने दी । कभी न निकाली पर अब अपनी अलमारी में उसे ढूंढते हुए याद कर रही थी मैरी कि उसे कहां रखा था ?

पीटर को भी हमेशा से पता था कि उसे एक न एक दिन ईशा से मिलना तो पड़ेगा ही । शायद उसे यह भी पता होगा कि ईशा एक दिन खुद उसे ढूंढने चल देगी । .... एक बात यहां वाकई कमाल है कि इन दोनों के बीच कभी पनपे प्यार ने जो इन दोनों को एक-दूसरे के मन को महसूस करना सिखा दिया था, तो भले ही वो प्यार तो बरकरार नहीं रहा आगे चलकर और हम जानते हैं कि वो प्यार तो दोस्ती के रिश्ते में ढल भी न सका था कि इस तरह ही बच पाता। लेकिन तो भी उस प्यार ने अपने ज़िंदा रहते हुए जो इन दोनों को एक-दूसरे के मन को महसूस करना सिखा दिया था न ,तो इन दोनों की यह काबिलियत इनके प्यार के मरने से भी कभी नहीं मरी!

ईशा भी पीटर के दिल का हाल महसूस कर लेती थी और पीटर को भी हमेशा से पता था कि ईशा उसके पास लौटेगी ज़रूर।... कोई वजह तो थी ही पीटर के ईशा की ज़िंदगी में लौट आने के पीछे और जिस तरह से पीटर ने इस बात को कहने के लिए बचा कर रखने का बंदोबस्त किया था अपने जाने से पहले , तो अब लग नहीं रहा था कि ईशा की शादी वाले उस दिन वो उससे केवल माफ़ी ही मांगने वाला था!

कुछ न कुछ और बात तो थी और जो बेहद ज़रूरी भी थी।...सिर्फ़ माफी ही मांगनी होती तो यह बात तो पहले ही ईशा के दिमाग में आई थी । उसने तो बिना पीटर के माफ़ी मांगे ही उसको माफ कर भी दिया था, इसीलिए पीटर माफी मांगने नहीं आया था यह बात तो तय है। तो सवाल यह है कि उस बंद कमरे में क्या रहस्य था जो पिछले तीन सालों से ईशा के इंतज़ार में कैद था उस कमरे में?.... माफीनामे को छोड़कर कुछ भी हो सकता था, या मुमकिन है माफीनामा ही होता बस थोड़ा सा खुलकर बातचीत करता हुआ और जज़्बातों के साथ अपनी बात को आगे रखता हुआ।

लेकिन अंदर अगर ईशा के नाम बस एक माफ़ी की चिट्ठी ही थी तो पीटर को इसे अपनी मां से छुपाने की क्या ज़रूरत थी? वो सीधे ही उस चिट्ठी को मां के हाथ में भी तो दे सकता था यह कहकर कि," यह ईशा के लिए है। जब वो आए, उसे दे दीजिएगा!"...

....हां यह हो सकता है कि शायद अंदर पीटर की डायरी रखी हुई थी और पीटर नहीं चाहता होगा कि उसकी मां वो सब पढ़ें और उन्हें तकलीफ़ हो यह जानकर , मेरे कहने का मतलब मैरी को दुःख होता ईशा का दिल दुखाने से पीटर को हुए पश्चाताप से रूबरू होकर ।... उसकी डायरी में लिखी ऐसी बातें यकीनन मैरी को दुःखी ही करतीं, लेकिन ईशा के दर्द का इलाज बनती। तो इसीलिए शायद पीटर की वो डायरी ईशा की अमानत थी उस कमरे में । फिर ईशा के डायरी ले जाने के बाद वो कमरा पीटर के आखरी वक्त की यादगार के जैसे मैरी को मिल जाने वाला था और जिसका कि मैरी ने भी काफ़ी इंतज़ार किया था।

चाबी लेकर उस कमरे को खोलने को चली मैरी के साथ जाती ईशा भी यही सोच रही थी कि अंदर उसे पीटर की डायरी ही मिलेगी । वो तो शायद पाना भी यही चाह रही थी । उसके लिए तो यही सबसे खास चीज़

होती। औरों के लिए तो जो रद्दी-कागज़ था पर पीटर के मम्मी-पापा के बाद पीटर की यादों का वो पुलिंदा सबसे ज़्यादा मायनेदार अगर किसी के लिए हो सकता था तो बस ईशा के लिए ही। उस बंद कमरे के अंदर उसी यादगार के होने की उम्मीद कर रही थी ईशा।

इधर अब मैरी ने ताला खोलना शुरु किया और उधर ईशा के दिल में छटपटाहट बढ़ जाने से ईशा के दिल की धड़कनें भी बढ़ने लग गईं।.... आखिरकार दरवाज़ा खुल गया।

दरवाज़ा खुलते ही दिखा एक धूल भरा कमरा जो तीन सालों की वक्त की इक्ट्ठा की हुई धूल से भरा था। फर्श धूल से ढक गया था। हर जगह धूल की परत सी चढ़ गई थी; कमरे में रखे पीटर के पुराने बेड पर , टेबल पर, कुर्सियों पर , हर जगह धूल ही धूल थी।...यह तो होना ही था!

दरवाज़ा तो खुल चुका था लेकिन यह दोनों अभी भी अंदर नहीं जा पाईं। दिल में उमड़ती-घुमड़ती भावनाओं ने दोनों को कुछ देर के लिए मानों सुन्न ही बना दिया था।

मैरी को जाने कब से इस पल का इंतज़ार रहा था और ईशा तो इंतज़ार का एक बहुत ही मुश्किल रास्ता तय करके यहां पहुंची थी। .... पीटर के कमरे का खुला हुआ वो दरवाज़ा कहने को तो एक ही जगह ले जाता था यानि उस कमरे के अंदर। लेकिन मैरी और ईशा के मन को यह एक नई ही दुनिया में ले जाने वाला था।...

इंसान की भावनाओं की वजह से जीवन में सभी बातों के मायने कितने पेचीदा और दिलचस्प हो जाते हैं, है न!

अब दोनों उस कमरे में आ चुकी थीं। पुरानी यादें ताज़ा करती मैरी ने अब ईशा को बताया कि पीटर जब अपनी मौत से दो महीने पहले अचानक से घर आ गया था, तो उसके पास उन्हें देने के लिए तब सबसे बड़ी खुशखबरी थी जो उसने मैरी को कहा था कि वो अब यहीं रहेगा। मैरी ने बताया कि यह सुनकर वो कितना खुश हुई थी तब। मैरी यकीनन आज भी पीटर से बहुत प्यार करती थी।

मैरी तो वो पुरानी बातें याद करके , पीटर की घर वापसी के उन पलों को महसूस करके थोड़ा सा अब भी खुश हो पा रही थी लेकिन ईशा तो मैरी के इस खुलासे से टूट ही गई। हालांकि अपनी निराशा उसने मैरी के आगे

ज़ाहिर बिल्कुल नहीं होने दी।
पर निराश क्यों हो रही थी ईशा?....

.... ईशा इसीलिए निराश हो रही थी क्योंकि अब गुज़रे हुए वक्त में एक अजीब सा हिसाब उसकी समझ में आ रहा था। और वो यह कि पीटर की मौत सितंबर 2011 में हुई थी ईशा की शादी के ठीक एक महीने बाद और ईशा की सगाई जून 2011 में हुई थी। सगाई के बाद शादी में दो महीने थे और ईशा अब समझ पा रही थी कि अपनी सगाई के बाद से शादी के वक्त के दौरान जब वो उधर पीटर से मिलने के लिए मरी जा रही थी तो तब पीटर यहां इस घर में मौजूद था ! और ईशा सोचती रही कि पीटर यहां हो ही नहीं सकता, इसीलिए तो वो यहां आने का सोच नहीं पाई।

अगर ईशा उन दिनों विनीत या किसी और का ज़्यादा सोचे बिना सीधे पीटर को ढूंढते हुए यहां चली आती पीटर के मम्मी-पापा के पास , तो उसे पीटर से बात करने का एक भरपूर मौका हासिल हो जाता क्यूंकि उन दिनों पीटर यहीं इसी घर में रह रहा था।

वैसे हो तो यह भी सकता है कि पीटर अपने मम्मी-पापा के पास कुछ अच्छा वक्त बिताने के साथ-साथ ईशा के इंतज़ार में भी रुका हुआ था इस घर में, जब तक भी वो रुक सका। लेकिन ईशा अभी यह वाली बात नहीं सोच पाई थी। अच्छा ही है उसने नहीं सोचा क्यूंकि ऐसी बातें सोच-सोचकर आखिर कितना वो खुद को मायूस कर पाती!

वो कहते हैं न "देर आए दुरुस्त आए",तो भले ही पीटर से मिलने आने में ईशा को तीन साल की देर हो गई थी पर पीटर अब भी यहीं था ,शायद अपनी डायरी के रूप में।

ईशा को कमरे में अकेला छोड़कर मैरी अब वहां से जाने लगी। पर शायद जल्दी ही वो झाड़ू-पोछा लेकर वहां आने वाली थी कमरे को पहले जैसा साफ-सुथरा बनाने के लिए। लेकिन पहले मैरी ईशा को वक्त देने वाली थी कि वो पीटर से बात कर सके।

वैसे यह हैरानी की बात है कि मैरी को अपने बेटे की आखरी निशानियों में से एक को देखने को लेकर उतावलापन क्यों नहीं था?

बेटे की आखरी इच्छा को सम्मान देने वाली बात तो समझ में आती

है लेकिन मुमकिन है कि मैरी जो उस चीज़ को देखने कमरे में ज़्यादा देर नहीं रुक पाई तो इसकी वजह यह थी कि वो सोचती होगी कि इस सब का अब क्या फायदा?...या तो यह मैरी का पीटर से नाराज़गी ज़ाहिर करने का तरीका था, और नाराज़ होने वाली तो बात ही थी क्यूंकि पीटर ने उन पर भरोसा नहीं किया था; अपने आखरी वक्त में अपने दिल का सच्चा हाल वो अपनी मां से छुपाता आया था। ...एक मां को इस बात से तकलीफ़ भला कैसे न होती!

यह तो अच्छा है कि ईशा ने मैरी को यह नहीं बताया कि पीटर ने खुद उसके पास आकर उसको अपना हाल-ए-दिल बयां करना शुरु किया था। विनीत की वजह से वो यह कर भले नहीं पाया था लेकिन करना चाहा तो था!

अगर यह मैरी को बता देती ईशा तो यकीनन मैरी का पीटर पर गुस्सा थोड़ा और बढ़ जाता यह सोचकर कि पीटर को गैरों पर ज्यादा भरोसा था बजाय अपनी मां के।

साथ ही ईशा के खुलासे से मैरी को ईशा से जलन भी हो सकती थी। दोनों बातें न भी होती तो भी दुःखी तो ज़रूर ही होती मैरी।

मुझे नहीं लगता कि ईशा ने जानबूझकर यह बातें छुपाई होंगी मैरी से।...इस वक्त दिमाग में इतना कुछ चल रहा था उसके कि जिस वजह से शायद वो यह बताना भूल गई होगी!

वो यह बात मैरी से ज़रूर ही कहती अगर उसका थोड़ा सा ध्यान इस पर गया होता। पर यह बात कहने से चाहें पीटर के कमरे में होने के एहसास ने उसे रोका था या वजह कुछ और रही थी जो यह बात उसकी जुबां पर न आ पाई, चाहें जो भी रहा था पर जाने-अनजाने मैरी से यह बात कहने से बचकर ईशा मैरी का दर्द कुछ और बढ़ाने से तो बच ही गई थी।

बहरहाल ईशा अब पीटर के साथ अकेली थी उस कमरे में , मेरे कहने का मतलब है कि अब ईशा उस कमरे में अकेली थी पीटर की उसके लिए रख छोड़ी उस चीज़ के साथ जो आखिरकार ईशा को उसके सवालों के जवाब देने वाली थी। पर पहले उसे उस चीज़ को ढूंढना था, तो ईशा की खोजबीन उस कमरे में रखी मेज की दराजों से शुरु हुई।

दराजें तीन साल पुराने अखबार, मैगज़ीन और पीटर के काम-काज का

हिस्सा रहे पुराने कागजों से भरी थीं। वो कागज़ पीटर के ज़िंदा रहते हुए तो शायद काम के रहे होंगे पर अब किसी भी काम के नहीं थे।

टेबल के ऊपर कुछ किताबे थीं लेकिन इन किताबों में भी कुछ नहीं था। बेड के गद्दे के नीचे भी देखा ईशा ने कि शायद वहां कुछ हो पर वहां भी कुछ नहीं था। अब बस अलमारी ही बाकी बची थी। यानि वो जो भी चीज़ थी इसी अलमारी के अंदर थी । पर उस अलमारी को जब खोलना चाहा ईशा ने तो पाया कि ताला लगा हुआ था ।

ईशा अब चाबी ढूंढने लगी उस अलमारी की । चाबी ढूंढने के साथ-साथ खुद को शांत रखने का तरीका भी ढूंढ रही थी वो। अच्छा है कि सालों की खोज वो शांति से निपटा रही थी वरना देख नहीं पाती आसानी से कि चाबी तो सामने वाली खूंटी पर ही टंग रही थी।

कमाल लगता है यह सोचना भी कि तीन साल पहले चाबी को जब वहां टांगा होगा पीटर ने तो यही सोचा होगा कि ईशा ही अब आकर चाबी यहां से उतारेगी!....

..... ईशा भी इन सब बातों को महसूस कर पा रही थी पर अनदेखा भी कर रही थी क्यूंकि फिलहाल उसे जल्दी थी वो चीज़ ढूंढ निकालने की। वो चीज़ ही उसे वो बात बयां कर सकती थी जो पीटर उसे हमेशा से कहना चाहता आया था।

जितना ढूंढती जा रही थी उतना ही उसका और भी एहसास गहराता जा रहा था कि कुछ तो बात ज़रूर है!

अलमारी को खोला ईशा ने तो ज़ाहिर तौर पर पहली चीज़ जो उसे दिखी वो थी बहुत सारे पुराने कपड़े। पीटर के बहुत से पुराने कपड़ों से भरी हुई थी वो अलमारी; उन कपड़ों में से एक कोट को तो ईशा ने पहचान भी लिया क्यूंकि सालों पहले ईशा ने ही उसे पीटर को तोहफे में दिया था । ईशा उस कोट को हाथ में लेने से और उस पर नज़रे फिराने से खुद को रोक नहीं पाई।

यूं तो पुराने एहसासों से बचने के लिए अपने मन में पुरानी यादों से भी बच रही थी ईशा इस वक्त । लेकिन इस कोट ने कुछ देर के लिए ईशा के मन को पुराने बीते समय की यादों में खीच ही लिया अब।.... वैसे तो उस कमरे में मौजूद हर चीज़ कोशिश यही कर रही थी पर कामयाबी इस

कोट के हिस्से ही आई।

ईशा का मन तेज़ी से बीते वक्त की यादों में खिचा चला जाने लगा । लेकिन ईशा ने तेज़ी से अपने मन को फौरन ही वर्तमान में वापस भी खीच लिया क्यूंकि यह वक्त उन यादों में खोने का नहीं था।
कोट को वापस से उसकी जगह टांगकर अलमारी को अब और भी अच्छे से टटोलने लगी ईशा और आखिरकार उसे कुछ मिला।

ईशा को जो मिला यह एक पुराना बैग था ; पीटर का पुराना बैग। बहुत कुछ वो लगता था एक स्कूल बैग जैसा ही पर था वो एक ऑफिस बैग।
बैग को हाथ में लेकर ईशा के मन में पहले तो यही बात आई कि पीटर को इस ऑफिस बैग की क्या जरूरत रही होगी ?
जितना ईशा पीटर के बारे में जानती थी तो वो जानती थी कि पीटर को नौकरी करना कभी भी पसंद नहीं था । वो हमेशा अपना ही कोई काम करना चाहता था। इसीलिए पीटर ने कभी कहीं नौकरी की हो जिसके चलते उसके पास यह बैग रहा हो , ऐसा होने की संभावना बहुत ही कम थी। तो फ़िर पीटर की ज़िंदगी में इस बैग का क्या योगदान रहा होगा?.... यह तो उस बैग को खोलने के बाद ही पता चलना था।

उस बैग को अब खोला ईशा ने । बैग के अगले हिस्से में हाथ डालते ही ईशा के हाथ में आ गई कुछ पुरानी तस्वीरें जो खिचवाई थीं ईशा और पीटर ने ही कॉलेज के दिनों में कभी। यह तब की बात है जब उनका दोस्ती का रिश्ता प्यार में नहीं बदला था।
उन कई तस्वीरों में से कुछ में एक से ज़्यादा दोस्तों के साथ दिख रहे थे वो दोनों पर कुछ में अकेले वो दोनों भी थे।...दोस्तों के साथ थे या चाहें अकेले थे पर उन तस्वीरों में दिख खुश ही रहे थे, जैसे कि किसी भी बात की तब उन्हें कोई चिंता ही नहीं थी। ईशा इन तस्वीरों को एक नज़र भर देखकर जल्दी-जल्दी आंखों के सामने से हटाती चली जा रही थी । मानों जैसे उसे अपने ही अतीत से जलन सी हो रही हो। ऐसा शायद इसीलिए था क्योंकि पुराना वक्त कुछ ज़्यादा ही अच्छा बीता था ।
ईशा को यूं लगा मानो जैसे उन दिनों वक्त भी इन दोनों को धोखा ही दे रहा था यह बात छुपाकर कि आगे उनकी ज़िंदगी बहुत ज़्यादा मुश्किलों

में घिर जाएगी । पहले की तरह आसान तो बिल्कुल नहीं रहेगी।

ईशा को यह तो समझ में आया कि यह बैग ही वो चीज़ थी जो पीटर ने उसके लिए हिफाज़त से रखने का ज़िम्मा अपनी मां को सौंपा था। अभी ईशा को उस बैग को और भी अच्छे से देखना था । उसे दरअसल पीटर के लिखे हुए कागज़ों की तलाश थी।...चाहें कोई डायरी न भी हो लेकिन इतना तो विश्वास था ही ईशा को कि कुछ लिखित कागज़ तो होंगे ही और ईशा को बस उन्हीं कागज़ों की ज़रूरत थी।

अब तक जो कुछ भी उस बैग से मिला था वो मैरी के लिए तो काम का हो सकता था लेकिन ईशा के लिए यह सब बेकार ही था क्योंकि मन शांत नहीं होने की वजह से वो इन यादगारों को एन्जॉय नहीं कर सकती थी। बैग का पूरा अगला हिस्सा सिर्फ़ और सिर्फ़ पुरानी तस्वीरों से ही भरा हुआ था और इस तरह यह सबकुछ ईशा के लिए अब एक बुरी याद बनता चला जा रहा था।

वो बैग उस रहस्य का खुलासा करता नहीं लग रहा था ईशा को। अब जल्द ही ईशा को यह सोचना पड़ सकता था कि कोई रहस्य था भी या बस हमेशा से उसका वहम ही था?

अगर उस बैग से और कुछ भी न मिलता तो साबित हो जाता कि ईशा बस अपने वहम की शिकार हुई थी। लेकिन तभी ईशा ने उन तमाम तस्वीरों को उस बैग में वापस रखकर बैग के पिछले हिस्से में हाथ डाला, तो हाथ डालते ही कुछ अजीब सा अब उसके हाथ में आ गया ।.... वो थी एक सफ़ेद रंग की फाइल।

फाइल कोई बड़ी फाइल न होकर एक मध्यम आकार की छोटी फाइल थी। साथ ही उस फाइल में कोई लिखित जानकारी नहीं थी , केवल हाथ से बनी कई तस्वीरें थीं। पीटर एक अच्छा आर्टिस्ट था इसलिए वो तस्वीरें बहुत कुछ बयां कर पा रही थीं।

तस्वीरों को एक-एक करके अब पलटती चली गई ईशा । फाइल में पीटर की बनाई हुई शुरुआती तस्वीरों को देखकर ईशा को पीटर की ज़िंदगी के उन आखरी दिनों में उसके मन की जो हालत थी उसका अंदाज़ा मिला। एक बार फिर से उसे यह एहसास हुआ कि उन दिनों पीटर अपनी मौत के बारे में बहुत ज़्यादा सोच रहा था क्योंकि वो तस्वीरें मौत

से या मौत से जुड़ी बातों जैसे कि कब्रिस्तान वगैरह से ताल्लुक रखते हुए बनाई गई थीं।
शुरुआती पांच-सात तस्वीरें देखने के बाद ईशा को लगा कि पीटर कहीं किसी दिमागी पागलपन की स्थिति में तो नहीं पहुंच गया था ? उसे क्यूं लगता था कि वो मरने वाला है? ...आख़िर उसे यह एहसास क्यूं हो रहे थे?

शुरु से शुरु करें तो पीटर द्वारा फाइल में पहली तस्वीर एक कब्रिस्तान की बनाई हुई थी ; तेज़ हवा के माहौल को दिखाती वो तस्वीर वाकई में कब्रिस्तान की शांति से भरी लगती थी।
अगली तस्वीर डैथ एंजल की थी और तीसरी तस्वीर में पीटर भी अब उस कब्रिस्तान में दिख रहा था कुछ सोचता हुआ सा। चेहरे पर ऐसे हाव-भाव लिए वहां मौजूद था वो जैसे कि अपना वहां होना वो समझ न पा रहा हो। फिर अगली एक कौवे की तस्वीर थी कब्र के एक पत्थर पर बैठे हुए। फिर मैरी की तस्वीर थी जो एक कब्र पर फूल चढ़ा रही थी। अब अगली तस्वीर वाकई ईशा को हिला देने वाली थी क्योंकि उस कब्र पर जो नाम वाला पत्थर था वो इस तस्वीर में दिखाई दे रहा था और जिस पर "पीटर ब्रिगेंज़ा " लिखा हुआ था। पीटर की मौत का दिन बिल्कुल वही लिखा था उस पत्थर पर जो कि उसके मरने का वास्तविक दिन रहा था जबकि उसने यह तस्वीर अपनी मौत से पहले बनाई थी!

यह सारी तस्वीरें ईशा को पीटर की उस वक्त की मानसिक स्थिति का झरोखा थीं। अब जो-जो आगे उन तस्वीरों को देखती चली गई ईशा तो अब कुछ खास समझ में आने लगा ईशा को, खासकर के उस तस्वीर को देखकर जिसमें पीटर ने खुद को सोते हुए दिखाया था।
ईशा को समझ में आने लगा कि यह सारे दृश्य काल्पनिक या मनघड़ंत न होकर पीटर द्वारा उन दिनों सपने में देखे हुए हो सकते हैं। अब उन तस्वीरों में एक नया मोड़ भी आने लगा जब तस्वीरों को बारी-बारी से पलटती ईशा को अपनी पहली तस्वीर उस फाइल में दिखाई दी; उस तस्वीर में ईशा खुश दिख रही थी ....बल्कि बहुत ज़्यादा ही खुश दिख रही थी । लेकिन उससे अगली तस्वीर में मंज़र बिल्कुल ही बदला हुआ था।

पर यहां एक सवाल है कि ईशा को अब खुद की तस्वीरें क्यों दिख रही थीं उस फाइल में ? क्या यह उसी राज़ के खुलासे की शुरुआत हो रही थी जो हमेशा से पीटर के सीने में दफन रहा था और जिस राज़ के होने का हमेशा से ईशा को अंदेशा रहा था?.... क्या था अगली तस्वीर में?..... मैं बताता हूं वो क्या था।

अगली तस्वीर में पीटर ने एक आदमी को ईशा को घसीटकर ले जाते हुए दिखाया था। इस आदमी का चेहरा नहीं दिखता था और वो आदमी अपने हाथों से पकड़कर भी ईशा को नहीं घसीटे ले जा रहा था बल्कि एक ज़ंजीर थी; जिसका एक सिरा ईशा के गले पर लिपटा हुआ था और दूसरा सिरा उस आदमी के हाथ में था।

उससे अगली तस्वीर में ईशा ज़मीन पर पड़ी हुई थी और किसी आदमी का चेहरा देखकर वो डर रही थी। उस आदमी की परछाई उसके पैरों पर पड़ रही थी। तस्वीर वाली ईशा तो उस आदमी का चेहरा देखकर डर रही थी लेकिन बाहर वाली ईशा नहीं समझ पा रही थी कि यह है कौन?

उससे अगली तस्वीर में ईशा डरकर भाग रही थी। और उससे अगली वाली में वो खून से लथपथ दर्द से तड़प रही थी; बहुत बुरी तरह से ज़ख्मी नज़र आ रही थी। आख़िर में देखे जाने को बस एक आखिरी तस्वीर ही बची थी जो फाइल के आखरी पन्ने पर उकेरी गई थी और यह वास्तव में कोई तस्वीर न होकर बस एक खाली पन्ना भर था !

इस खाली पन्ने ने बुरी तरह चौंका दिया था ईशा को जैसे कि उसे इतनी जल्दी इन तस्वीरों के खत्म हो जाने की उम्मीद नहीं थी।

इसलिए भी चौंकी थी ईशा क्योंकि तस्वीरों ने बहुत कुछ स्पष्ट करना अभी शुरु ही किया था कि फाइल में पन्ने खत्म हो गए!

ईशा की कोई सहेली या रिश्तेदार अगर इन तस्वीरों को देखता तो यकीनन पहली ही बार में मानने लग जाता कि पीटर ईशा से नफरत करता था और उसे दर्दनाक मौत मिलते देखना चाहता था।

कोई माने तो माने लेकिन ईशा भला अपने तमाम एहसासों और जितना उसने अब तक पीटर को जाना था उसे भूलकर कैसे यह मान पाती। लेकिन फ़िर भी कुछ नाराज़गी ज़रूर महसूस कर पा रही थी ईशा पीटर से इस वक्त।...

..... नाराज़गी इसीलिए क्योंकि रहस्यों को राज़ बनाकर छोड़ देने की हर बार की अपनी आदत के जैसे पीटर ने फिर से रहस्य को रहस्य में ही लिपटा हुआ छोड़ दिया था क्योंकि उसने फाइल में यह नहीं बता रखा था , न तो लिखकर, न ही अपनी चित्रकारी से कि वो क्या मानता था अपने इन दृश्यों को लेकर ? और इसीलिए ईशा तेज़ी से हर एक तस्वीर को देखती जा रही थी कि इससे ही शायद कुछ पता चले क्योंकि पीटर ही बेहतर बता सकता था कि उसको क्या लगता था पर उससे तो पूछा अब जा नहीं सकता था! यह सब उसकी आंखों-देखी थी इसीलिए वो ही यह बता सकता था कि इस सबको लेकर उसे क्या महसूस होता था ?...क्या उसे यह कुदरत की कोई चेतावनी लगती थी या ईशा को लेकर फिक्र की वजह से पीटर की कल्पना का रचा कोई दृष्टांत था यह सब? .... यह सब तो अच्छे से पीटर ही बता सकता था । इसलिए ईशा पीटर से बहुत नाराज़गी महसूस कर रही थी जो इतनी महत्वपूर्ण बात का ज़िक्र करना वो भूल गया था। पर आपको एक बात बताऊं , असल में वो भुला नहीं था!

अब लगातार तीसरी बार फाइल को पूरा देख चुकी थी ईशा और चौथी बार फिर से देखना शुरु करने जा ही रही थी कि अचानक फाइल के उस खाली पन्ने के पीछे ईशा की नजरें जा रुकीं । पीटर ने वहां लिखा हुआ था "3 दिसंबर" और आगे सवालिया निशान लगा रखा था। इस तरह से पीटर ने ईशा को यह बता दिया था कि जो कुछ भी उसने देखा था उसको लेकर उसने क्या समझा था।

उसने यह बिल्कुल नहीं माना था कि यह सब उसकी कोई कल्पना थी बल्कि पीटर तो इस नतीजे पर पहुंचा था कि इन दृश्यों का राज़ 3 दिसंबर की तारीख से जुड़ा है। और सवालिया निशान लगे होने का मतलब था कि वो भी इससे आगे कुछ भी समझ नहीं सका था कि यह सब क्या पहेली है और कैसे यह सुलझेगी?

पीटर को जो कहना था वो अब कह चुका था। अब ईशा को यह तय करना था कि जो पीटर ने सही माना था तो वो भी उसे सही माने या जाने दे!

बेशक पीटर ने ईशा को विचारों के दोराहे पर लाकर खड़ा कर दिया था लेकिन उसने यह काम बहुत ही समझदारी से भी किया था ; ऐसा

इसलिए कह रहा हूं क्योंकि पीटर ने उस फाइल में ऐसी तो पचासियों तस्वीरें बना कर रख छोड़ी थीं जिनमें उसने अपनी मौत को दिखा रखा था। लेकिन जिनमें ईशा की मौत को दिखाया हो ऐसी दर्जनभर तस्वीरें भी उस फ़ाइल में नहीं थीं।....

... ऐसा नहीं रहा होगा कि ईशा से ताल्लुक रखती और तस्वीरें थी ही नहीं , मेरे कहने का मतलब है कि ईशा के जीवन के बुरे दौर को दर्शाता भी काफी कुछ देखा तो ज़रूर होगा पीटर ने और तस्वीरों में उन दृष्टांतों को दिखाया भी होगा तो सवाल यह है कि वो बाकी तस्वीरें कहां गईं ? वो बाकी तस्वीरें इस फाइल से क्यों गायब थीं?... मुझे लगता है कि इसकी वजह शायद यह थी कि पीटर को पता नहीं था कि ईशा आगे जब इन तस्वीरों को देखेगी तो देखकर क्या सोचेगी?...

...अगर ईशा पीटर की बनाई अपनी तस्वीरों को पीटर का पागलपन मानती तो कम तस्वीरों से उसे यह मानने में आसानी होती कि सब कुछ बेबुनियाद है जो भी इन तस्वीरों में दिख रहा है। लेकिन इसे बेबुनियाद मानने से पहले ईशा को यह मानना ही पड़ता कि पीटर उससे नफ़रत करता था और उसे दर्दनाक मौत मरते देखना चाहता था । पीटर को तो अब ईशा के ऐसा मान लेने से कोई भी फर्क नहीं पड़ता था। बल्कि वो तो चाहता होगा कि ईशा अगर तस्वीरों पे विश्वास न कर पाए तो अच्छा यही होगा कि वो यही सच मान ले, क्यूंकि इस तरह उसे इन तस्वीरों के साथ-साथ पीटर को भी भुलाना बहुत आसान हो जाता।

यानि पीटर ने सोचा था कि अगर ईशा तस्वीरों को अपने भविष्य से जोड़कर नहीं देखना चाहेगी तो उसकी कम तस्वीरों का फाइल में होना उसे यह मानने में मदद करेगा कि पीटर ने भले ही अपना भविष्य देखा होगा लेकिन जहां तक बात है उसके (ईशा के) भविष्य की तो उसको लेकर उसने सिर्फ़ अपनी ईर्ष्या का इज़हार किया है इन तस्वीरों के ज़रिए। क्योंकि उसे शायद ईशा से जलन थी!... जलन शायद इसलिए थी क्योंकि वो दुनिया से जा रहा था लेकिन ईशा ज़िंदा रहने वाली थी और ईशा की शादी हुई थी पर उसकी नहीं। ईशा के बच्चे भी होते । तो देखा जाए तो पीटर को लगा होगा कि ईशा को तो ज़िंदगी की तमाम खुशियां

मिल जायेंगी । तो अब इस तरह सोचती ईशा को लगता कि हो सकता है कि पीटर को अपनी ज़िंदगी के आखरी दिनों में उससे जलन रही हो ।अब ईशा मान लेती कि हां ऐसा ही था! पीटर को ज़रूर उससे ईर्ष्या हो गई थी और जिसके चलते पीटर ने उसका बुरा होते दिखाती तस्वीरें बनाईं। क्योंकि और तो वो कुछ कर नहीं सकता था तो इसीलिए तस्वीरों में ही भड़ास निकाली थी। पर ईशा का बुरा हाल होते हुए दिखाती ऐसी ज़्यादा तस्वीरें भी वो न बना सका होगा ।.... शायद जिस वक्त पीटर ने यह तस्वीरें बनाना शुरु किया होगा, वो वक्त उसके आखरी वक्त से काफी नज़दीक रहा होगा। इस तरह इस सवाल का जवाब मिल रहा था कि अपनी फाइल में पीटर ने ईशा की ज़्यादा तस्वीरें क्यों नहीं रखीं? क्योंकि और तस्वीरें बनी ही नहीं थीं!

इस तरह सोचते हुए देखा जाए तो ईशा को पीटर को भुलाना आसान हो जाता लेकिन पीटर के चाहने पर भी ईशा ऐसा नहीं मान सकती थी कि पीटर कभी भी उसका बुरा सोच सकता है।

पीटर ने तो ईशा को कुछ भी मान लेने की स्वतंत्रता दी थी और ऐसी सहूलियत भी दी कि वो जो भी मानती उसी के हिसाब से उसे सारा नज़ारा दिखने लगता। और कहने की तो बात ही क्या कि तस्वीरों को नकार देने से उसे ज़िंदगी में आगे बढ़ने के लिए आसान रास्ता मिल जाता क्योंकि मन को परेशान होने के लिए अब ज़्यादा वजहें नहीं रह जाती । क्या लंबी मुश्किल यात्रा के बाद ही सही पर इतना आसान हो सकता है मन की शांति पाना? .... ईशा के लिए तो हो गया था क्योंकि पीटर अब ऐसा था नहीं कि जिसके बारे में ज़्यादा सोचा जाए और विनीत भी नहीं, तो दोनों को पीछे छोड़ते हुए ज़िंदगी में आगे बढ़ने का सीधा रास्ता ईशा को अब मिल जाता । लेकिन ईशा पीटर को कुर्बान करके उसे पीछे छोड़कर ज़िंदगी में आगे जाने वाली नहीं थी। वो पीटर को जानती थी और मानती थी कि भले वो दोनों मिल न सके पर ज़िंदगी की आखरी सांस तक भी दोनों कम से कम एक-दूसरे का बुरा कभी नहीं चाह सकते ।.... पर यह क्या चुन रही थी ईशा? इस तरह तो उसे सब कुछ सच मानना पड़ जाता और सभी बातों के मायने बड़े ही भीषण हो जाते उसके लिए। लेकिन ईशा ने फिर भी यही चुना।

अब भी पीटर को दोस्त माने रहने की मुश्किल कीमत ईशा के लिए अब शुरु हो चुकी थी। क्योंकि ईशा पीटर को अब भी दोस्त माने हुए थी तो अब उन तस्वीरों का सच यह बन चुका था कि पीटर ने ईशा का भविष्य दिखाने वाली ही तस्वीरें बनाईं थीं और ऐसी और भी कई तस्वीरें बनाई थीं , मेरे कहने का मतलब है कि बनाई ही होंगी ! कभी वो सारी तस्वीरें इसी फाइल में मौजूद भी रही होंगी लेकिन फिर वो सारी तस्वीरें गईं कहां?

उन तस्वीरों को फाइल से हटा देने के पीछे अब एक ही बात हो सकती है कि जितना पीटर ने पाया था ईशा के बारे में, उतना वो ईशा को दे बिल्कुल नहीं सका!...

...जितना मुझे लगता है वो तस्वीरें बहुत भयानक रही होंगी और जो रहस्यों को गहराकर भविष्य को लेकर गहरा डर जगाती होंगी। इसीलिए उन तस्वीरों को फाइल में रहने देना पीटर को बिल्कुल सही नहीं लगा होगा। उसने चुनिंदा को छोड़कर बाकी तस्वीरें मिटा दी होंगी।

यूं तो पीटर को सिर्फ़ दोस्त ही बनाए रखा था ईशा ने लेकिन अब इस मुश्किल रास्ते आकर ईशा को बड़े दिनों बाद पहली बार पीटर के प्यार का एहसास हुआ ।... उसे एहसास हुआ कि पीटर को एक दोस्त से कहीं ज़्यादा उसकी फिक्र थी। वैसे भी प्यार निभाने के लिए जिस्मों का पास होना ज़रूरी नहीं , दिलों का पास होना ज़रूरी होता है। अब इसे प्यार न कहें तो और क्या कहें कि पीटर अपनी मौत से तो नज़रें मिला सकता था लेकिन ईशा की मौत से नहीं । वो तो नज़र भर कर उन तस्वीरों में ईशा की मौत को देख भी नहीं सकता था, न ही दिखा सकता था। पर क्योंकि सच्चा प्यार धोखे की बुनियाद पर कभी नहीं होता इसीलिए मौत की सच्चाई वो ईशा से छुपा भी नहीं पाया था। तभी तो आज ईशा के हाथ में पीटर की वो फाइल आ लगी थी।

इस फाइल को पाकर पीटर के प्यार का एहसास तो हुआ था ईशा को, जिससे ईशा को आने वाले मुश्किल वक्त के लिए हिम्मत मिली थी, तो क्या ईशा तैयार थी? .... नहीं, अभी भी तैयार महसूस नहीं कर पा रही थी । मन बेचैन हो रहा था , बहुत घबराहट हो रही थी । लग रहा था कि और थोड़ी देर इस घर में रही तो बेहोश ही हो जाएगी । इसलिए फ़ाइल लेकर

ईशा फौरन बाहर चली आई। गाड़ी में बैठकर वो फौरन घर की ओर जाने लगी । अभी घर पहुंची नहीं थी कि उसे बीच में रुकना पड़ा उल्टी करने के लिए।...

....मौत ऐसी सच्चाई होती है जिसे स्वीकार करना या जिससे लड़ना दोनों ही बातें कभी भी आसान नहीं होती । जी हल्का होने पर ईशा को अब लगा कि कुछ और तस्वीरें अगर हाथ लग जाती तो शायद कुछ अच्छी मदद हो जाती। लेकिन अलमारी में तो और कुछ भी नहीं मिला था जो उसके काम का हो पाता।

अब जो जानकारी पास थी वो यह थी कि 3 दिसंबर की तारीख पर एक शैतानी शख्सियत वाले इंसान से ईशा का सामना होगा और जो उसे मारने की कोशिश करेगा ।... साल चाहें अगला या उससे अगला भी हो सकता था लेकिन तारीख एक ही रहने वाली थी और जिसकी ईशा को अब तैयारी करनी थी क्योंकि इस साल भी यह तारीख बस आने ही वाली थी। पर सवाल यह है कि ईशा ने किसी का क्या बिगाड़ा था कि कोई उसे मार देना चाहता था?.. ईशा को अब यही पता लगाना था।

कई बार हम किसी बहुत मुश्किल काम को भी आसान मानकर उस पर पूरी ताकत से लग जाते हैं ताकि काम की मुश्किलें जब तक अपना असर हम पर दिखा पाएं हम काफी आगे बढ़ भी चुके हों ।.... कई बार यह तकनीक काम कर भी जाती है पर कई बार नहीं भी करती। जैसे कि अब ईशा के साथ हो रहा था ;क्या होने वाला है और क्या-क्या हो सकता है, यह सोच-सोचकर ईशा का मन अब डर रहा था।

डर और उत्तेजना की स्थिति में गाड़ी चलाती ईशा अभी भी घर नहीं पहुंची थी कि दिमाग ने मन पर ऐसा पलटवार किया; इस कदर ईशा को हिला दिया कि एक पल को उसे पीटर पर शक होने लगा।... उसे शक होने लगा कि उसने सब कुछ गलत समझ लिया है। लेकिन फ़िर मन में उठा शक खुद ही दूर होता चला गया क्यूंकि यहां बात यह थी जो किसी भी तरह झुठलाई नहीं जा सकती थी कि पीटर अपनी मौत को लेकर हमेशा से सही था। इस तरह पीटर को सही ठहराकर आखिरकार ईशा ने अपने मन और दिमाग के बीच चलती अंदुरूनी जंग जीत ली थी।

बात तो सही थी कि पीटर अपनी मौत को लेकर हमेशा से सही था इसीलिए ईशा के मामले में भी उसके गलत होने की गुंजाइश कम थी। थी तो यह डरावनी बात लेकिन इससे ईशा को थोड़ी राहत ही मिली, दुबारा से पीटर का प्यार महसूस हुआ । हालांकि नज़दीकी भविष्य में मौजूद खतरे के एहसास से ईशा के रोए अब भी खड़े हुए जा रहे थे।

...अपने घर आ चुकी थी ईशा, पीटर के लिए दिल में बढ़ते प्यार और इज्ज़त को लेकर । उस फ़ाइल को साथ ले आई थी तो इस तरह साथ में उसे आने वाले समय को लेकर थोड़ा सा बढ़ता डर भी मिल गया था । बहरहाल उस फाइल को लाकर फिलहाल का सबसे अच्छा काम किया था ईशा ने क्योंकि इस फाइल का मैरी को मिल जाना किसी भी तरह से सही नहीं होता।

पीटर से अब कैसी भी शिकायत नहीं रही थी ईशा को । पीटर के भविष्य दृष्टा वाले रूप को देखकर जितना बेचैन हुई थी ईशा ; तो वो सारी बेचैनी भी अब शांत होने लगी थी। साथ ही वो अब पीटर की शुक्रगुजार हो रही थी क्योंकि पीटर ने उसे उस अनजान हमलावर के बारे में आगाह करके उसे ज़िंदा रहने का एक मौका दिया था और अब इसको लेकर कुछ तैयारी कर सकती थी वो, हालांकि फाइल को अब और खोलकर नहीं देख पा रही थी । पीटर ने चाहें कुछ भी अच्छा भाव रखकर उन तस्वीरों को बनाया होगा लेकिन यह तस्वीरें ऐसी तो किसी लिहाज़ से नहीं थीं जिन्हें एन्जॉय किया जा सके। खासकर अभी तो यह तस्वीरें ईशा को मुश्किल से काबू में आए अपने मन को और भी डराती सी लगीं तो उसने फैसला किया कि अभी तो वो फ़ाइल को बंद ही रखेगी।

एक बात सोचने लायक है कि इस हमलावर को किस रूप में देख रही थी ईशा?...

.... शायद एक चोर के रूप में जो आने वाली 3 दिसंबर को उसके घर में घुसने की कोशिश करेगा उसकी संपत्ति या इज्ज़त को लूट ले जाने के लिए ।

यह चोर जो भी था इसे शायद ये बात आकर्षित कर रही थी कि ईशा अकेली रहती थी, तो उसे लगता होगा कि ईशा पर काबू पाना आसान होगा । लेकिन उसे क्या पता कि ईशा अकेली भले ही थी लेकिन

लापरवाह बिल्कुल नहीं थी। खासतौर से अपने दोस्त की वजह से अब वो और भी चौकन्नी हो गई थी क्योंकि उस हमलावर की आहट को वो भांप चुकी थी । पर देखने वाली बात यह होने वाली थी कि पीटर की यह मदद ईशा के कितने काम आ पाती है?...अब ईशा को 3 दिसंबर की तैयारी करनी थी जो कि अगले महीने की ही 3 तारीख थी और अब सिर्फ़ 10 दिन ही बचे थे।

अगर 10 दिन बाद कुछ न होता तो भी पीटर को झुठला नहीं जाने वाली थी ईशा बल्कि तैयारियों के साथ अगले साल की 3 दिसंबर के लिए उसका इंतज़ार रहता और वो बिल्कुल ऐसा ही करने वाली थी, इतना ज़्यादा उसे पीटर पर भरोसा था। .... प्रेमियों का एक-दूसरे पर यह विश्वास उनके प्यार की कहानी में जहां-तहां चमकता हुआ कितना शानदार लगता है, है ना!

देखा जाए तो पीटर से मिलकर शांति ही मिली थी ईशा को , जैसे उसे अपने सफर का अब अंत दिखाई देने लगा था ज़िंदगी की एक नई शुरुआत के रूप में । उस सुबह का उजाला बस इस खतरेनुमा अंधेरे के उस पार था ।

हालांकि अब भी अंधेरे में ईशा का सफ़र जारी था लेकिन पीटर की वजह से रोशनी से दूर भी रोशनी की पहली किरण ईशा को अब मिल चुकी थी ।... यह तो ज़िंदगी देखने का अपना-अपना नज़रिया होता है । अगर कमी देखने का स्वभाव होता तो जो कुछ भी हो रहा था , ईशा के लिए यह सदमे से कम नहीं होता। हर बार हर बात में कुछ अच्छा ढूंढने का अभ्यास ईशा के काम आया था जिसने उसके लिए हालातों को सकारात्मक बना दिया था । हालांकि यह भी सच है कि पीटर से मुलाकात वाले वाकए में बड़ी मुश्किल से वो कुछ अच्छा ढूंढ पाई थी।

ऐसा भी नहीं था कि डर अब पूरी तरह मिट गया था ; मन के किसी कोने में अब भी चाह रही थी ईशा कि अच्छा हो अगर उस खतरे से उसका सामना कभी भी न हो! .... कोई कितना ही बहादुर हो पर किसी के भी मन से डर कभी पूरी तरह नहीं जा सकता । यह मन की कुदरती व्यवस्था होती है कि थोड़ा डर बरकरार रहता है क्यूंकि अच्छी तैयारी के लिए ज़रूरी होता है । हां इतना ज़रूर है कि थोड़े डर का अच्छा इस्तेमाल हो

इससे पहले मन में फैल रहे ज़्यादा डर को शांत करना होता है जो कि ईशा कर चुकी थी । अब उसे यह देखना था कि तैयारियां क्या की जानी हैं?....

...तैयारियों के नाम पर दस दिन में क्या कर सकती थी ईशा ? क्या किसी को मदद के लिए बुलाने वाली थी उस रात जिसके लिए इन दस दिनों में यह सोच सकती थी कि उसे किसे बुलाना है? या फिर सोच सकती थी उस खतरे से बचने के बारे में और इसके लिए उसे ज़्यादा कुछ नहीं करना था, केवल उस रात घर से दूर रहना था। लेकिन ईशा जानती थी कि इस सब से कुछ नहीं होने वाला। पीटर के कारण वो उस रात घर से दूर रहकर एक दिन के लिए शायद होनी को टाल दे; पर टालने पर आएगी तो हमेशा तो नहीं टाल पाएगी बल्कि इस रास्ते वो सबकुछ और मुश्किल बना बैठेगी !

ईशा ने माना कि उसमे सहने की और ताकत नहीं बची है इसीलिए जो हो रहा है उसे होने देना चाहिए । कम से कम अभी उसे ये तो पता था कि टकराव दस दिन से पहले नहीं होगा। लेकिन अगर टाल दिया तो मौत से अगली मुलाकात कब होगी, कुछ पता भी नहीं चलेगा । अंतहीन डर का सिलसिला शुरू हो जाएगा चाहें हमला कभी भी न हो। इसीलिए ईशा मुकाबले का ही सोच रही थी और अपने हमलावर से उसका सामना ज़रूर ही हो इसीलिए ईशा उसके सामने खुद को एक कमज़ोर शिकार के जैसे ही दिखाने वाली थी ताकि वो निडर होकर 3 तारीख को ही ईशा के सामने आ जाए । यानि ईशा किसी को भी मदद के लिए नहीं बुलाने वाली थी!

ईशा जानती थी कि कहीं पर एक जोड़ी निगाहें हैं जो हर वक्त उसे देखती हैं। लेकिन ईशा जानती थी कि अगले दस दिन तक यह निगाहें देखने से ज़्यादा कुछ करने वाली नहीं है। तो इस तरह ईशा ने ज़िंदगी के अगले दस दिन तो आरामदायक बना लिए थे अपने लिए ।.... ज़िंदगी इसी तरह जी जाती है! मौत का सामना तो सबको एक दिन करना ही है, बस आज के सुख से सुखी और संतुष्ट रहना चाहिए । ईशा साबित करने पर तुली थी कि आने वाले वक्त की सही तैयारी वर्तमान में संतुष्ट रहने में मदद करती है पर बढ़ता डर इस तैयारी का हिस्सा कभी नहीं होता।... लेकिन उस हमलावर से बिना उसकी ताकत जाने बस भिड़ जाने

का सोचना, यह कहां की सही तैयारी थी!

ईशा जानती थी कि दस दिन वो अपने हमलावर से सुरक्षित है। माना कि चंद दिनों को आरामदायक बनाया था उसने बिल्कुल नरम आरामदायक बिस्तर जैसे पर क्या इस बिस्तर पर उसे नींद आ जानी थी, खासकर के अपने फ़ैसले के बाद जो उसे भी पूरी तरह सही नहीं लगता था?

अगर खतरे से बच भी जाती , मानों यह तूफानी बादल बरसते हुए ईशा की ज़िंदगी से गुज़र जाता और इसके बावजूद भी ईशा अगर बची रह जाती तो पीटर की और तो कोई भविष्यवाणी थी नहीं उसको लेकर। जीवन के साफ मौसम वाले दौर में जब ईशा के जीवन में रोशनी आती, तो तब भी विनीत से उसका मसला तो रहता! ऐसे में मिली आज़ादी का क्या फायदा रहता ?....

..... हां एक फायदा हो सकता था कि अगर वो ज़िंदगी के अगले मोड़ को पार कर जाती तो उसे एक ताकत मिल जाती एक सच स्वीकार करने की ; और वो ये कि विनीत और उसका रिश्ता अब खत्म हो चुका है !...

.... विनीत ने कोशिश तो की होगी ईशा से अपने रिश्ते को दूसरा मौका देने की लेकिन महीनों से उसका ख़ामोश बने रहना दर्शाता था कि वो ईशा से सुलह करने को लेकर अब तक अपने मन को मना नहीं पाया है।

.... सबकुछ हो जाने के बाद आगे ईशा को इस सच को स्वीकार करना था कि विनीत उसकी ज़िंदगी की किताब का एक फट चुका पन्ना है जो जुड़ नहीं सकता दुबारा, इतना दूर वो निकल आया है। पेड़ से सूख कर झड़ चुकी एक पत्ती जैसा हो गया है वो ; वो पत्ती जो पेड़ के साथ थी कभी और साथ से बहुत खुश भी थी पर अब सूख चुकी है और जिसे अब जाने देना चाहिए!

हालात ईशा को बता रहे थे कि वो बचे या न बचे लेकिन विनीत उसकी ज़िंदगी में नहीं बचेगा। लेकिन जीवन का यह संदेश ईशा को और दुःखी नहीं बना पाया बल्कि ज़िंदगी के अगले मोड़ पर ईशा को विनीत को ज़िंदगी में वापस लेकर आने की वो उम्मीद अब दिखाई देने लगी जो आज तक उसे विनीत को मनाने की अपनी तमाम कोशिशों में भी कभी नहीं दिखी थी।... वो उम्मीद क्या थी?

न जाने यह विश्वास उसके मन में कहां से आया पर अब वो यह मानने लगी कि अपनी सारी कोशिशों के बाद भी विनीत के मन में जिस प्यार को वो नहीं जगा सकी थी, तो यही काम अब उसकी ज़िंदगी में आने वाला यह मुश्किल दौर करके जाएगा!
ईशा सोच रही थी कि वो उस हमलावर का सामना करेगी। अपने प्यार विनीत की खातिर वो ज़िंदा रहने के लिए लड़ेगी और इस तरह से वो ज़िंदा बचेगी। कुछ पता नहीं था उसे कि प्यार की यह ताकत उस मुश्किल वक्त पर कैसे उसे बचाने वाली थी? पर बचाएगी यही उसे बस इतना भरोसा था। और बाद में जब विनीत ईशा पर इस हमले की खबर सुनेगा तो अपनी पत्नी को अकेला छोड़ने को लेकर उसे पछतावा होगा और फिर वो लौट आएगा ईशा के पास।
आज तक ईशा ने जब भी कुछ किया था तो हर बार एक से ज़्यादा लक्ष्यों को आगे रखकर ही किया था। यह पहली बार था जब वो एक और सिर्फ़ एक मकसद की खातिर कुछ करने जा रही थी। अपने जीवन के इस मोड़ पर पहली बार सिर्फ़ एक विनीत के प्यार को ताकत बनाकर अपने रास्ते आगे बढ़ने जा रही थी। न परिवार की फिक्र थी, न ही पीटर को लेकर दिल में कोई उलझन।

जुनूनी सोच शुरू में हमेशा पागलपन ही लगती है, जैसे कि पीटर के सावधान करने के बावजूद भी ईशा का अकेले उस खतरनाक आदमी से उलझने का सोचना। पर कितनी सरल योजना बनाई थी ईशा ने ; आने वाली मुसीबत से अकेले भिड़ना और अपने साथी को हल्का सा शर्मिंदा करके उसके दिल में अपने लिए हमदर्दी पैदा करना, वो हमदर्दी जो जल्दी ही इनके रिश्ते को वही पुराना खोया हुआ प्यार लौटाने वाली थी।
इतना तो है कि जब पीटर ने ईशा के लिए उन तस्वीरों को बनाया होगा तो उसने कभी नहीं सोचा होगा कि उन तस्वीरों को देखने के बाद ईशा अपनी ज़िंदगी की सबसे खतरनाक योजना पर काम शुरू कर देगी। लेकिन कोई इंसान करे भी तो क्या ! हर हालत में ज़िंदगी को ज़िंदगी का ही नहीं बल्कि बेहतर होने का भरोसा दिलाए ही रहना होता है।
फिलहाल तो ईशा ने अपने मन को बेहतर ज़िंदगी का ऐसा भरोसा दिला दिया था कि मरने का सारा डर ही मन से मिटा दिया था।..... अगर

आपको खुद को बेहतर ज़िंदगी पाने को लेकर जूझने को तैयार करना हो तो उसमें भी कितने पचड़े होते हैं न! ईशा जैसी भोली लड़की को भी आज जो करना पड़ गया तो एक सच मेरी समझ में आया कि कई बार मौत से पंजा लड़ाए बिना ज़िंदगी में उम्मीद बन ही नहीं पाती। पर मज़ा भी इसी में है, वरना हार मान लेना तो आसान है पर उसमें कोई मज़ा नहीं।

ईशा अभी के लिए अपने डर को जीत चुकी थी । उस चोर को तो वो ठगा हुआ सा मान रही थी क्योंकि वो लुटेरा नहीं जानता था कि पीटर ने उसके राज़ पहले ही ईशा के सामने खोल दिए हैं। ईशा तो उस लुटेरे को अब देख रही थी कुछ यूं मानों जैसे कि वो उसकी इज़्ज़त या पैसे नहीं बल्कि उसकी ज़िंदगी की तन्हाई लूटने आ रहा था।

ईशा क्योंकि अपने डर को जीत चुकी थी तो अभी तो वो आराम से उस दिन के लिए तैयारियों का सोच सकती थी और तब तक आराम से अपने काम पर भी जा सकती थी। लेकिन हां इतना भी है कि 3 तारीख आने से पहले उसे एक बार और अपने डर का सामना करना था। पर फिलहाल तो सबसे पहले उसे उस दिन के लिए तैयारियां करनी थीं।

पीटर के घर से होकर लौटने के अगले दो-तीन दिन बाद ईशा अब अपनी ज़्यादातर तैयारियां पूरी कर चुकी थी। तैयारियों का कहूं तो किसी गैरकानूनी स्रोत से हासिल की हुई एक पिस्तौल अब उसके पास थी और कई छोटे और बड़े चाकू भी थे अब घर में, जो किचन में न होकर घर की उन जगहों पर थे जो ईशा को ही पता थीं।

एक बड़ा सा चाकू तो ज़ाहिर है ईशा के तकिए के नीचे ही रहने वाला था और इसके अलावा बाकि तैयारी तो बस ईशा का पक्का हौसला था।

अपनी तैयारियों से संपन्न अब तो ईशा भी चाह रही थी कि वो तीन तारिख इस साल की ही निकले।

वैसे एक बात तो है कि ऐसा खतरा जो दिखता नहीं पर महसूस होता हो और जिसके बारे में आपको यह भी पता हो कि आप उसे ढूंढ भी नहीं सकते पर वक्त आने पर उसका सामना करने से बच भी नहीं सकते। तो चाहें वो खतरा असल में इतना बड़ा न भी हो पर किसी भी इंसान की कल्पना ऐसे खतरे को आराम से इतना बड़ा बना कर दिखा सकती है कि उसके मजबूत इरादे को भी चूर-चूर कर सकती है। इसीलिए तो

कहा जाता है कि अपने दुश्मन से जीतने से पहले आपको अपने आपको जीतना पड़ता है!.... यही वजह है कि ज़िंदगी में हर कहीं संघर्ष की ट्रेनिंग मूल संघर्ष से ज़्यादा मुश्किल ही रखी जाती है ताकि वो मुश्किल ट्रेनिंग मूल संघर्ष से पहले हमें खुद को जीतने का मौका दे सके। लेकिन यहां मैं यह सब क्यों कह रहा हूं, वो भी ऐसे वक्त पर जब ईशा चल पड़ी है ज़िंदगी की निर्णायक लड़ाई लड़ने, और वो भी एक ऐसी लड़ाई जिसके बाद ईशा की ज़िंदगी का कुछ न कुछ निर्णय हो ही जाना था।.... क्या यह सब इसीलिए कह रहा हूं क्योंकि ईशा का डर उस पर हावी होने वाला था या हो चुका था जिस वजह से वो अब पीछे हटने जा रही थी?....

.... नहीं ऐसा बिल्कुल नहीं है जो आप सोच रहे हैं कि अगले सात-आठ दिन वो काम पर बिल्कुल नहीं जा पाई होगी!.... अगर इतना डरती कि डर के चलते घर में ही दुबक जाती तो तब तो मानना ही पड़ता कि जंग से पहले ही मैदान छोड़ देती वो। लेकिन ईशा को ज़िंदगी से ज़िंदगीभर जूझने की कड़ी ट्रेनिंग ही मिली थी जो अब वाकई पक्की साबित हुई क्योंकि ईशा बिल्कुल नहीं डर रही थी।

ईशा ने छुट्टी तो की पर अपनी नहीं, अपने घर आने वाली नौकरानी की; उसने अपनी आया को पंद्रह दिन की छुट्टी दे दी थी और खुद तो एक दिन भी काम से छुट्टी नहीं ली।

कुछ बात यह भी थी कि तीन तारिख आने से पहले ईशा को उसका घर आराम के साथ-साथ तैयारी रखने की याद भी दिलाते रहने वाला था। बहुत ज़्यादा ईशा यह सब याद नहीं भी रखना चाह रही थी क्यूंकि अपने डर को दुबारा पनपने का मौका नहीं देना चाह रही थी । इसीलिए ईशा ने अभी घर से बस उतना ही लिया जितना उसकी ज़रूरत थी । घर में ज़्यादा नहीं रही वो इन दिनों । यहां तक कि तीन तारिख आने से पहले बीच में पड़े रविवार को वो बिल्कुल भी घर में नही रही। तो गई कहां थी वो उस दिन ?....

.... कहीं भी नहीं। दरअसल वो उस दिन घर से दूर किसी पार्क जैसी जगह पर अकेले मौजूद थी; वहां छोटे बच्चों को अपने पैरेंट्स के साथ खेलते हुए देख रही थी। पार्क की बेंच पर बैठे ईशा की नज़रें खासतौर से उन बच्चों को देख रही थीं जो वहां अपने मम्मी-पापा दोनों के साथ थे

। उन्हें देख ईशा को याद आता वो जो उसका भी सपना रहा था कि एक दिन उसका भी परिवार पूरा हो जाएगा।
3 तारीख़ नज़दीक थी लेकिन डर अब भी कोसो दूर था उससे। भीड़-भाड़ से दूर आज यहां इसलिए थी ईशा क्यूंकि आखरी बार जीवन के इस अकेलेपन वाले दौर के बचे-खुचे वक्त को महसूस करना चाह रही थी। जैसे अपनी ज़िंदगी में अकेलेपन का अंतिम दौर ही बिता रही हो, ऐसा पूरा भरोसा था उसे।
अकेले में वहां बैठे हुए आज इस अकेलेपन वाले वक्त को आखरी बार खुलकर जी रही थी ईशा । इतना वक्त हो गया इसे सहते-सहते कि अपनी ज़िंदगी की इस तन्हाई से उसकी दोस्ती सी हो गई थी; फिर भी बहारों का मज़ा तो चाहिए ही होता है। तो अपनी इस दोस्त को , अपनी ज़िंदगी की इस तन्हाई को खुलकर महसूस करके इसके ज़िंदगी से चले जाने से पहले इसे मन से विदा कर रही थी ईशा आज। रविवार के पूरे दिन उसने बस यही किया।

वैसे यह बिल्कुल सही बात है कि ईशा को उस अनजान हमलावर से भिड़ने से पहले एक बार और अपने डर का सामना करना था।... डर लौट ज़रूर ही आता ईशा का , कम से कम चिंता तो शुरू हो ही जाती । पर ईशा ने अपने मन को खाली जो कर लिया था तो तारिख पास आते चले जाने पर भी मन से सुकून हटने को तैयार नहीं हुआ और न ही तैयार हुआ डर लौटने को। ईशा की जगह कोई और होता तो शहर की कौन कहे, देश तक छोड़कर भाग जाना चाहता । लेकिन ईशा शांत थी क्योंकि उसे भरोसा हो गया था कि उसकी ज़िंदगी अब बहुत ज़्यादा देर तक प्यार से खाली नहीं रहने वाली है।
पहली तारिख भी आ गई लेकिन अभी भी सुकून पसरा था ईशा के मन में । यहां तक कि दूसरी तारिख की शाम तक भी वो दफ्तर में शांत दिमाग से अपने काम पर थी।... उसे देखकर लगता ही नहीं था कि कुछ ही घंटों बाद अपनी ज़िंदगी के सबसे बड़े पल को वो जी रही होगी , वो पल जब फ़ैसला होने वाला था उसकी आगे की पूरी ज़िंदगी का।

तारीख़ 2 दिसंबर, 2014,रात 8 बजे। यह वक्त था ईशा के लिए दिनभर के काम के बाद दफ़्तर से अब घर वापस जाने का।
घड़ी में 8 बजे देखकर ईशा को अब महसूस हुआ कि आज का दिन कुछ ही घंटों में उसी दिन में प्रवेश कर जाने वाला है जिसकी इतने दिन से वो तैयारी करते आई थी! सच कहूं तो ईशा को घर जाने का सोचकर अब एक झटका सा लगा।
उसकी आज के दिन के लिए जो तैयारियां थीं वो बिल्कुल उस मशीन के जैसी थीं जो आज से पहले तक बिजली न होने से बेजान थी। लेकिन अब वक्त नज़दीक आया देखकर ईशा के मन में बढ़ी भावनाएं मानो बिजली बनकर ईशा की पूरी योजना को रोशन करती चली गई, जिसकी वजह से ऐसा लग रहा था ईशा को कि वक्त तेज़ी से बीत रहा है; सब कुछ बहुत जल्दी-जल्दी हो रहा है। ऐसा लगा उसे जैसे आज का पूरा दिन ही कुछ घंटों में नहीं बीत गया बल्कि पिछले 10 दिन ही आज के दिन में बीत गए हों, कुछ ऐसा ही महसूस कर रही थी ईशा।...सालों तक प्यार बिना अकेलेपन में बिताया वक्त याद आया और धड़कते ज़ोर मारते दिल से ईशा बढ़ चली अब अपने घर की ओर।
ईशा को देखकर समझ में आता था कि किसी लड़की के लिए प्यार के मायने वाकई में किसी भी लड़के से ज़्यादा गहरे हो सकते हैं। यह जज़्बात अक्सर लड़कियों की कमज़ोरी भी बनते हैं पर फिलहाल तो ईशा की ताकत बन गए थे।

अपनी अपार्टमेंट बिल्डिंग में आकर अपने घर पहुंचने के लिए अब लिफ्ट से ऊपर जाने लगी ईशा। अपना घर ईशा को पिछले 10 दिनों से ही अजनबी सा महसूस होता आया था और आज अपने घर के बाहर पहुंचकर ईशा जब घर का दरवाज़ा खोल रही थी तो ऐसा साफतौर पर महसूस कर रही थी जैसे इस जगह को वो जानती ही न हो !... जैसे पहली बार वो यहां आई हो।
ईशा वाकई अपने जीवन के जिस मुकाम पर थी, दोराय वाली बात नहीं कि वो वाकई पहली बार यहां थी तो देखा जाए तो कुछ गलत महसूस नहीं कर रही थी। लेकिन ईशा के मन को पढ़े बिना यह बात सिर्फ़ बाहर से उसे देखकर नहीं समझी जा सकती थी।

किसी पड़ोसी ने ईशा को घर में घुसते हुए आज अगर देखा भी होगा तब भी क्या वो समझ पाया होगा ईशा के मन की हालत को? .... अगर उसने गौर से देखा होगा तो उसे ईशा के चेहरे पर कुछ अलग जज़्बात उभरे हुए शायद दिख पाए हों लेकिन आज रात को कुछ खास होने की उम्मीद कर रही है ईशा, इसका अंदाज़ा कोई नहीं लगा सका होगा। बहरहाल आज तो ईशा के किसी भी पड़ोसी ने ईशा को काम से घर वापस लौटते नहीं देखा था क्योंकि ईशा के ज़्यादातर पड़ोसी आज की रात घर पर थे ही नहीं । यह भी एक कमाल का संयोग बन रहा था कि वो सब उस पिछले किरायेदार राजू शर्मा की शादी में गए हुए थे जो ईशा से पहले उस घर में रहा करता था जिसमें आजकल ईशा रह रही थी । लगभग एक महिने पहले ईशा की पड़ोसन मिसेज सबरवाल से ईशा की इस बारे में बात हुई थी; वो चाहती थीं कि ईशा भी उनके साथ राजू की शादी में चले पर ईशा ने मना कर दिया था । आज की रात भूल से इस बात को भूलकर कहीं ईशा ने बहुत बड़ी गलती तो नहीं कर दी थी?

अब अपने घर के अंदर आ चुकी थी ईशा लेकिन आज की रात नींद किसे आनी थी या ठीक से भूख भी किसे लगनी थी। तो फ्रेश होने के बाद बस थोड़ा सा खाकर सोफे पर बैठ गई ईशा उसके आने के इंतज़ार में। पिस्तौल अपने सामने ही मेज़ पर रखी हुई थी उसने । वैसे तो नींद आनी मुश्किल ही थी और इरादा भी यही था ईशा का कि आज की रात बिना सोए ही बितानी है ।

कभी बैठे-बैठे दरवाज़े को देखती तो कभी घड़ी को । और फिर तो थोड़ी ही देर में इस कदर खामोशी हुई कि सारी आवाज़ें आना बंद हो गईं। लेकिन दीवार पर टंगी घड़ी की आवाज़ पास आकर कानों में बोलने सी लगी...टिक...टिक....टिक...टिक।

ईशा को यह पता ही नहीं चला कि दिनभर की थकान का कब उस पर असर हो गया और वो बैठे-बैठे ही सो गई और सोती ही रही जब तक कि रात के साढ़े बारह बजे उसके दरवाज़े पर किसी की दस्तक नहीं हुई।

इस दस्तक पर ईशा की नींद एक पल में उड़ती चली गई । ज़हन में तैरती बहुत सी बातें, उनके संग में डोलते बहुत से जज़्बात और साथ ही थोड़ा सा डर भी , सबने मिलकर ईशा को एक ही बात कही, "तैयार हो जाओ,

वो आ गया!"

खट-खट तेज़ होती चली गई। जो कोई भी बाहर था वो अंदर आने की बड़ी जल्दी में था जबकि ईशा किसी फिल्मी नायिका के जैसे बंदूक को कस कर हाथ में थामे , इधर-उधर की दीवारों से सटते हुए सावधानी से दरवाज़े की ओर बढ़ रही थी।

दरवाज़े के पास जाकर ईशा ने कड़े अंदाज़ में पूछा ,"कौन है बाहर?" पर कोई जवाब नहीं आया। जैसे कि बाहर वाले को पता था कि मुंह से कुछ बोला तो अंदर आने को नहीं मिलेगा।

ईशा ने ज़ोर देकर फिर से पूछा," मैं पूछती हूं कौन है बाहर?", लेकिन जवाब न आकर फिर से एक ज़ोरदार खट-खट ही हुई। ईशा ने लैटर बॉक्स की दराज को हल्का सा ऊपर उठाकर देखना चाहा पर यह जो कोई भी था दरवाज़े के किनारे पर छुप रहा था जिससे इतना तो ईशा समझ ही गई कि न तो यह कोई पड़ोसी है और न ही बिल्डिंग का चौकीदार, तो ज़ाहिर है यह वही था!

ईशा ने अब एक हाथ से दरवाज़े का हैंडल हाथ में लिया। अब एक ही झटके में फ़ैसला हो जाना था।

ईशा ने झटके से दरवाज़ा खोल कर उस पर बंदूक तान दी पर जैसे ही नज़रों में नज़रे मिलीं तो चौंक पड़ी यह कहते हुए कि,"तुम!"

जितनी तेज़ी से दरवाज़ा खोला था उतनी तेज़ी से बंद करना पड़ गया अब ईशा को, क्यूंकि उसे बहुत शर्म सी आई और वो इसीलिए कि जो बाहर मौजूद था उसे ईशा अच्छे से पहचानती थी और उस पर ईशा ने बंदूक तान दी थी तो शर्म आना तो लाज़मी था ही । पर बाहर था कौन?.... एक बार फिर से यह विनीत था जिसे ईशा को चौंकाने की पुरानी आदत थी और इस बार तो लाल गुलाब के फूल भी लेकर आया था।

विनीत को देखकर खुशी तो बहुत हुई ईशा को लेकिन खुशी को छुपाते हुए बंद दरवाज़े के पीछे से ही उसने पूछा, "तुम यहां क्या कर रहे हो विनीत, वो भी रात के इस वक्त? चले जाओ यहां से , मैं इस वक्त तुमसे नहीं मिलना चाहती!"

तो विनीत ने कहा," मुझे तुमसे कुछ बात करनी है ईशा हमारी ज़िंदगी के बारे में। प्लीज़ एक बार मेरी बात सुन लो!"

विनीत ईशा से उसकी बात सुनने की गुज़ारिश कर रहा था लेकिन ईशा को तो यूं लगा जैसे वो उसकी ज़िंदगी में वापस आने की इजाज़त मांग रहा हो।

भावनाओं में बहती ईशा ने विनीत के लिए दरवाज़ा खोल दिया , खुद को रोक ही नहीं पाई।... जब मन के दरवाज़े कभी बंद होने ही नहीं दिए उसने, तो बाहर-बाहर के यह दरवाज़े भला कब तक बंद रख पाती वो!

विनीत को आया देखकर तो ईशा को एक मिनट में यकीन हो गया कि पीटर की बताई हुई वो तीन दिसंबर की तारीख़ अगले या उससे अगले साल की ही तारीख़ है क्यूंकि आज की रात तो खतरे की नहीं खुशी की है, विनीत वापस जो आया है।

बस विनीत से अब यही सुनना चाहती थी ईशा कि," चलो सब भुलाकर एक नई शुरुआत करते हैं।" बातों का सिलसिला भी कुछ यूं ही शुरू हुआ था दोनों के बीच , ईशा को लग रहा था कि उनके बीच अब बात बन रही है। और फ़िर अंधेरी होती गहरी रात में दोनों पति-पत्नी कब एक-दूसरे की ओर झुकते चले गए, दोनों को पता ही नहीं चला।

विनीत भी शायद प्यार के बिना ही था बहुत दिन से। शायद वो भी सुधर गया था और समझ गया था कि पत्नी की जगह ज़िंदगी में कोई पराई औरत कभी नहीं ले सकती। वो वाकई समझ चुका है, उसने ईशा को ऐसा महसूस भी कराया आज।

ईशा के लिए आज की रात खतरे के एहसास से शुरू ज़रूर हुई थी पर विनीत ने आकर इसे खुशनुमा बना दिया था और अब तो ईशा काफी आराम और सुरक्षा महसूस कर रही थी। लेकिन चंद घंटों में यह रात बीत जानी थी और नया दिन लग जाना था।

नया दिन तो अब खुशियां ही लेकर आने वाला था ईशा की ज़िंदगी में पर एक बात यह भी तो है कि ये सर्दियों के दिन थे और सर्दियों में दिन थोड़ा देर से निकलता है। ...फिर भी नए दिन से खुशियों की ही तलबगार थी ईशा । पर नया दिन आने से पहले ही विनीत एक नए रूप में ईशा के सामने खड़ा हो गया, वो भी ईशा की ही बंदूक उसी पर ताने हुए।.... अब ऐसा होगा, भला यह किसे पता था!

विनीत के हाव-भाव अब वो बिल्कुल नहीं दिख रहे थे ईशा को जो चंद

घंटे पहले तक थे बल्कि अब एक शैतानी चमक उसकी आंखों में चमक रही थी। जैसे अपनी मेहनत और चालाकी से उसने वो हासिल कर लिया हो जो महीनों के इंतज़ार से भी वो हासिल नहीं कर पाया था।... सब्र से इंतज़ार करने के मामले में वो ईशा की बराबरी नहीं कर सका होगा; उसे इंतज़ार रहा होगा कि कब ईशा उसका इंतज़ार करते हुए खुद ही उसे छोड़ देगी। पर ईशा थी कि विनीत के लिए अपने मन में ढेर सारा प्यार लिए उसका इंतज़ार करती ही चली गई।

इंतज़ार दोनों ओर से चला था लेकिन विनीत के मन में क्योंकि केवल वासना थी तो उसका सब्र जवाब दे चुका था। दूसरी ओर ईशा के मन में सच्चा प्यार था तो वो इंतज़ार में भी सुख पाकर डटी रही और डटी ही रहती जाने कब तक। विनीत को भी महसूस हो चुका था कि ईशा नहीं रुकने वाली इसीलिए वो अब हार मान चुका था।

इंतज़ार की उस जंग में हार का गहरा दुःख और शायद सदमा भी लगा था विनीत को , जिस दुःख को वो अब ईशा को रास्ते से हटाकर भरना चाह रहा था। पर ईशा को लगा कि शायद विनीत मज़ाक कर रहा है! ईशा ने कहा," यह क्या मज़ाक है विनीत ?"

"खड़ी हो जाओ ईशा , बिस्तर से उठो , अभी!"विनीत ने कहा ,

तो ईशा ने कहा ,"तुम मुझे ज़रूर डराने की कोशिश कर रहे हो, है न ! लो मैं डर गई । अब बस करो यह मज़ाक।"

माहौल में एक अजीब सा भारीपन था । ईशा को महसूस हो पा रहा था कि कुछ तो गड़बड़ है पर मन मानना नहीं चाह रहा था। लेकिन अब विनीत ने जो मुंह खोला तो चंद अल्फाज़ में सारे राज़ ही खोल दिए उसने।

वो बोला," कितनी बार तुम्हें इशारे किए , तुम्हें कितना समझाया। तुम समझ भी बहुत कुछ गई थी फिर क्यों ऐसा करती रही ?... हम अच्छे दोस्त रहते! अब देखो तुम्हारी वजह से मुझे क्या करना पड़ रहा है...."

अब तक तो विनीत फिर भी शांति से बोलता आया था पर अब विनीत ने बहुत ही गुस्से से कहा," मेरा मुंह क्या देख रही हो, कहा न खड़ी हो जाओ!"

ईशा की समझ में सब आ चुका था और इसी के साथ डर गहरा गया कि विनीत ज़रूर गोली चलाने वाला है किसी भी पल। खुद को बचाने के लिए

अब झट से ईशा ने बेड के पास रखे फूलदान को फेंक कर विनीत पर मारना चाहा। विनीत इस वार से बच गया लेकिन ईशा भागती आई और विनीत को धक्का मारकर सीढ़ियों से नीचे की ओर भागी।
शैतानी हँसी हंसते हुए विनीत ने बुदबुदाकर कहा ,"कहां तक भागोगी, दरवाज़े तो सारे बंद हो चुके हैं!"

विनीत आराम से उतरकर नीचे आने लगा । उसके भारी-भरकम कदमों की आवाज़ ईशा को अभी सुनाई नहीं आ रही थी । डर और घबराहट की वजह से वो चिल्ला रही थी , मदद मांग रही थी। पर बंद दरवाज़े के पीछे से आती ईशा की आवाज़ पहले ही दबे जा रही थी और अब जाकर ईशा को यह याद आया कि आज की रात तो ज़्यादातर पड़ोसी घर पर होंगे ही नहीं बल्कि उस पिछले किरायेदार की शादी में गए हुए होंगे! अब ईशा को गलती का एहसास हुआ पर, अब देर हो चुकी थी।
बाहर जाने के लिए दरवाज़ा भी वो खोल नहीं पा रही थी; विनीत ने दरवाज़ा लॉक करके चाबी छुपा दी थी। ईशा को फौरन समझ में आ गया कि वो फंस चुकी है ।
विनीत नीचे उतरकर आया पर उसने ईशा को बाहर का दरवाज़ा खोलते हुए नहीं पाया तो वो समझ गया कि ईशा छुप गई है।

"छुपना चाहती हो!... चलो हाइड एंड सीक खेलते हैं।" तेज़ आवाज़ में विनीत ने कहा और कहकर घर में जहां भी ईशा छुप सकती थी , एक-एक कर उन जगहों को छानने लगा। गुस्से में वो घर का सामान भी फेंके जा रहा था ,साथ-साथ में बोलता भी जा रहा था वो। उसके मुंह से निकले हर शब्द में हार का दुःख और गुस्सा दोनों ही झलकते थे। पर यह सब बातें ईशा को उकसाकर बाहर निकालने की उसकी कोशिशों का हिस्सा भी थीं।

अब तो एक अजीब सी छटपटाहट सी दिखने लगी थी उसकी बातों में; उसने शैतानी अंदाज़ में कहना शुरू किया," तुम्हें याद होगा ईशा। दो साल पहले हम दिल्ली गए थे और होटल में रुके थे। वहां भी हमने हाइड एंड सीक खेला था और मैं जीता था।... आज भी जीतूंगा!"
कहना पड़ेगा कि जैसे-जैसे विनीत का ईशा को ढूंढना बढ़ता जा रहा था , वैसे-वैसे विनीत का मानो पागलपन भी बढ़ता जा रहा था। वो वाकई ईशा

को मारने का पक्का इरादा करके वहां आया था और पीटर की चेतावनी को हल्के में लेकर विनीत के इस पक्के इरादे के हाथ में बंदूक ईशा ने खुद थमाई थी।
न डरने जैसी या न गमगीन होने जैसी कोई बात ही अब बाकी नहीं बची थी, तो भी ईशा खुद को किसी तरह शांत रखे हुए थी।
विनीत बहुत अजीब-अजीब सी बातें कर रहा था , बीच-बीच में वो सच भी उगल देता था ; कुछ ऐसा कह बैठता वो जिससे पता चलता था कि बीते दिनों में वो ईशा से कितनी ज्यादा नफ़रत करने लगा है।
बिना एक भी गोली चलाए उसने ईशा का दिल तो छलनी किया ही था। ईशा के इंतज़ार को ख़त्म किया था क्योंकि उसे अच्छे से जता दिया था कि कितना भी इंतज़ार ईशा कर ले पर वो उसकी ज़िंदगी में लौटने वाला नहीं है, कम से कम उस पुराने रूप में तो नहीं।

विनीत को पूरी तरह खो देने के एहसास से ईशा दुःखी थी । उसकी आंखों में नमी थी पर फ़िर भी सिसकियों को पीकर खुद को चुप कराया हुआ था क्यूंकि जान तो बचानी ही थी।
ईशा फिलहाल बाहर जाने वाले दरवाज़े के पास बनी सामान रखने की जगह में छुपी हुई थी । वो जानती थी कि उसे अगर बचना है तो उसे उन चाकुओं में से एक चाहिए होगा जो उसने घर में जहां-तहां छुपाए थे । उनमें से एक को तो वो देख भी सकती थी; ड्रॉइंग रूम में रखी मेज़ के नीचे था । लेकिन उस चाकू को लेने जाते हुए भी विनीत से टकराना तो था ही । मगर फिर भी हर हालत में वो चाहिए ही था तो ईशा अब बाहर निकल आई । एक छड़ी को उसने हाथों में उल्टा पकड़ रखा था और खुद को दीवार से सटा रखा था ताकि जैसे ही विनीत उसे ढूंढता उसकी ओर आए , ईशा कस के उसके वो दे मारे।
पास आते विनीत के पैरों की तेज़ होती आवाज़ और भी पास आती चली गई , साथ में ईशा की धड़कनों को बढ़ाकर उसकी सांसों को फुलाती चली गई। महसूस करके कि विनीत बिल्कुल बगल में ही है ,अंदाज़न उस पर हमला किया ईशा ने पर चूकने की भारी गलती कर बैठी।

ईशा का वार विनीत के हाथ में थमी बंदूक पर लगा और बंदूक विनीत के हाथ से छूट गई । कुछ और समझ में नहीं आया तो विनीत को टक्कर

मारकर गिरा देना चाहा पर गिरा न सकी और अब वो विनीत के हत्थे आ चुकी थी। विनीत ने उसे दबोच लिया था।

विनीत ने उसे पीछे से पकड़ रखा था । शिकारी के पंजे में फंसे बेबस शिकार के जैसे हाथ-पैर मार रही थी ईशा जबकि विनीत उसका गला दबाए जा रहा था । बेहोश होने ही वाली थी कि उसने विनीत के चेहरे पर एक घुंसा मारा और विनीत की पकड़ से छूट गई । विनीत की पकड़ से तो छूट गई पर दम घुटने की वजह से दिमाग अब भी चकरा रहा था। इस तरह फिलहाल हालत यह थी कि अपने कातिल के सामने ज़मीन पर पड़ी हुई रेंग रही थी ईशा।

जैसे ही विनीत उसकी दी चोट से उबर जाता , उसकी हालत और भी बुरी हो जानी थी। पर पल भर में ही ईशा ने खुद को संभाल लिया और पास में पड़ी बंदूक उठा ली जो विनीत के हाथ से छूटकर वहीं गिरी हुई थी।

गन हाथ में लेते ही खुद को विनीत से दूर खिसकाते हुए अब गोली चला देनी चाही ईशा ने । यानि ईशा के उठकर खड़ा होने से पहले ही विनीत को ढेर हो जाना था, पर हैरतअंगेज रूप से ट्रिगर तो दबता चला गया लेकिन गोली चली ही नही।

यह कमाल था चालबाज़ विनीत का जिसने सारी गोलियां पहले ही निकाल ली थीं।

उसे पता था कि अगर गोली चल जाती है तो बहुत शोर हो जाएगा ; ईशा के पड़ोसी वहां आ सकते हैं ,साथ ही पूरी बिल्डिंग के लोग जग जाएंगे जिससे वहां से बच के निकलना बहुत मुश्किल हो जाएगा।

बंदूक से गोलियां तो विनीत ने ईशा के बेफिक्री में सोते हुए ही निकाल दी थी। उस वक्त भी बंदूक खाली ही थी जब उसने ईशा पर तानी हुई थी। उसका इरादा ईशा को गोली मारकर खत्म करने का तो कभी था ही नहीं इसीलिए तो वो खुद वहां कोई बंदूक लेकर नहीं आया था पर ईशा के पास बंदूक देखकर उसने इसे इस्तेमाल करने का सोचा । .... उसने सोचा होगा कि ईशा खुद पर बंदूक तने देख डर जाएगी और वही करेगी जो वो चाहता है। पर ईशा पिछले दस दिनों से खुद को लड़ने को जो तैयार करते आई थी तो वो ट्रेनिंग बेकार नहीं गई; उसने विनीत से जूझना और उलझना शुरू करके उसे चौंका दिया। पर उससे करवाना क्या चाहता था विनीत?

यह तो अब बस पता चलने ही वाला था।

विनीत ने अब ईशा को ज़्यादा मौका न देते हुए झट से आगे बढ़कर ईशा के बाल पकड़ लिए।

बस एक बार ही ज़ोर से कह पाई ईशा कि "छोड़ दो मुझे", क्योंकि फिर विनीत ने उसका मुंह भी हाथ से दबाना शुरु कर दिया था।

इस वक्त विनीत का एक हाथ ईशा के बालों को जकड़े हुए था और दूसरा हाथ ईशा के मुंह को। लेकिन फौरन ही विनीत को भी अपनी निकल रही चीख को अपने होठों को कसते हुए रोक देना पड़ा क्यूंकि ईशा अपने मुंह को ढके विनीत के हाथ को चबाए डाले दे रही थी। खुद को बचाने के लिए जितना वो कर पा रही थी कर रही थी।

अब दर्द से परेशान होकर विनीत ने किसी तरह अपने हाथ को छुड़ाया। उसे ईशा से इतने ज़्यादा विरोध की उम्मीद नहीं थी तो इस बात ने उसे और भी ज़्यादा गुस्सा दिला दिया था।

विनीत का हाथ मुंह से हटते ही ईशा शायद फ़िर से चिल्लाती । पर चिल्ला न सकी वो क्योंकि अब विनीत ने बहुत ज़ोर से उसे एक तमाचा मारा। तमाचा इतना ज़ोरदार था कि ईशा का होठ कट गया और खून निकल आया, साथ ही सर बुरी तरह चकरा गया और अब ईशा चिल्लाने की हालत में नहीं थी।

ईशा बेहोश होकर विनीत पर ही गिरने लगी तो विनीत ने उसे झटक दिया और वो विनीत के पीछे जा कर गिरी। आधी बेहोशी की हालत में अब भी उठने की कोशिश कर रही थी वो कि तभी विनीत ने ईशा की कमर पर एक ज़ोरदार लात मारी।

ईशा के लिए अब बर्दाश्त की इंतहा हो चुकी थी ।... न चाहकर भी उसे बेहोश होना ही पड़ा।

बाहर दुनिया में क्या हो रहा है, इसकी सुध भुलाकर अब सपनों की दुनिया में कैद हो चुकी थी ईशा; दर्द भरे जिस्म के साथ बेहोशी मिली हुई नींद थी, ईशा जो भी सपना देख रही थी उसे यह गहरा बनाए दे रही थी। लेकिन सपने में देख क्या रही होगी वो?.... चाहें जो भी। मगर दर्द की दुनिया के परे थी फिलहाल । पर अगर जल्दी जग न पाती तो विनीत की मेहरबानियों से हमेशा के लिए इस दुनिया के पार निकल जाने वाली थी।

सपनों में ईशा अब एक अजीब सी आवाज़ को सुन रही थी ; एक गूंजती सी आवाज़ जो ईशा को कह रही थी "जाग जाओ ईशा ,जाग जाओ!"
खुलने को तैयार तो न थीं ईशा की आंखें पर उस आवाज़ का जादू ही कहूंगा मैं तो कि वो जाग गई। मुश्किल हुई पर किसी तरह उसकी आंखें खुल गईं, और वो भी सही वक्त पर क्योंकि विनीत ने ईशा के गले को चादर से फंदा बनाकर बस लपेट ही लिया था।
इधर ईशा का जागना हुआ और उधर फौरन ही विनीत ने उसे ज़मीन पर खींचकर ले जाना शुरू कर दिया , वो भी ईशा के गले में बंधी उसी फंदेनुमा रस्सी के ज़रिए।

ईशा को अब पूरी तरह विनीत का प्लान समझ आ चुका था।
उठने के लिए अपने पैरों का जब सहारा लेना चाहा ईशा ने तो पाया कि वो भी कपड़े की रस्सी से बंधे हुए हैं। कमाल की बात है कि पीटर ने भी ऐसी ही तस्वीर बनाई थी जिसमें उसने दिखाया था एक आदमी को ईशा के गले पर ज़ंजीर लपेटकर उसे खींचकर ले जाते हुए। यानि वो आदमी विनीत ही था जो बार-बार पीटर की तस्वीरों में दिखता था अलग-अलग तरीकों से ईशा को दर्द देते हुए।

ईशा समझ गई कि विनीत उसे घसीटकर सिलिंग फैन के पास तक ले जाना चाहता है क्योंकि वो उसे फांसी देना चाहता है!
शुरू से अगर ईशा चुप करके विनीत की बात मानते आई होती तो शायद अब तक तो वो मारी भी जा चुकी होती और ईशा की हत्या को विनीत आराम से आत्महत्या जैसा दिखाने में कामयाब हो जाता । पुलिस को लगता कि अकेलेपन में जीवन से निराश हुई ईशा ने आत्महत्या कर ली । यही तो विनीत का प्लान था।
हालांकि ईशा के बदन पर लगे ताज़ा ज़ख्मों की वजह से अब यह प्लान सफल नहीं हो सकता था क्यूंकि विनीत अगर अब कामयाब हो भी जाता तो भी ईशा के शरीर पर लगे ज़ख्म अलग ही कहानी बयां करते। कोई भी आसानी से समझ जाता कि ईशा मरने से पहले किसी से काफ़ी ज़्यादा लड़ी ज़रूर थी!

विनीत भी यह समझ चुका था कि ईशा की हत्या को वो आत्महत्या जैसा नहीं दिखा सकता अब । लेकिन उसके सामने दिक्कत यह थी कि वो ईशा को ज़िंदा भी तो नहीं छोड़ सकता था।
कुछ भी समझ न आने की वजह से वो अपनी पूर्व की योजना पर ही बना हुआ था , जिस वजह से ईशा का दम अब घुट रहा था क्यूंकि उसे उसके गले पर कसे फंदे से खींचा जा रहा था। तो क्या यह ईशा का अंत था?....

....लग तो ऐसा ही रहा था कि यह वाकई ईशा का अंत आ चुका है। विनीत ईशा को तेज़ी से पंखे की ओर घसीटे ले जा रहा था और ईशा दोनों हाथों की मदद से गले के फंदे को खींचे रखकर किसी तरह अपना दम घुटने से बचाए हुए थी। लेकिन विनीत के ईशा को घसीट कर ले जाने के दौरान एक अच्छी बात हुई और वो यह कि कुछ पल के लिए ईशा का हाथ कमरे की मेज़ के उस हिस्से में पहुंच गया जहां मेज़ के नीचे एक छोटा सा चाकू छुपाया हुआ था ईशा ने; छोटा पर तेज़धार !
जिन्हें कुछ करना होता है उनके लिए तो एक पल ही काफ़ी होता है तो ईशा ने झट से अब वो चाकू लपक लिया, पर ऐसा करने के लिए उसे अपने गले को एक हाथ से मिलने वाला सहारा खो देना पड़ा क्यूंकि उस हाथ से उसे चाकू को पकड़ना था । चाकू तो मिल चुका था लेकिन बदकिस्मती से जीवन बचाने के लिए इतना काफी नहीं था क्यूंकि ईशा को अपने पैरों को छुड़ाना था पहले और इसके लिए कुछ पल के लिए अपने गले को रस्सी की दया पर छोड़ देना था, जब तक कि चाकू की मदद से रस्सी काटकर वो अपने पैरों को नहीं छुड़ा लेती।...तरीका जोखिम भरा था ।
हो सकता था कि पैरों को छुड़ाते हुए ईशा दुबारा बेहोश हो जाती । फिर तो वो कभी भी नहीं उठ पाती। लेकिन ईशा के पास और कोई चारा नहीं था तो उसने यह जोखिम लिया।

कुछ पलों के लिए अपने गले को सहारा देना छोड़कर ईशा ने अपने पैरों को पहले आज़ाद किया और फिर चाकू के एक ही वार से विनीत के हाथ और अपने गले के बीच की चादर को तार-तार कर दिया।
जब तक विनीत समझ पाता कि क्या हो रहा है? , उसके बाएं पैर में वही चाकू गहरे धंस चुका था और जिसने उसे अब चीखने के लिए मजबूर कर

दिया।

अब तो ईशा ने विनीत को और मौका बिल्कुल भी नहीं दिया और उस पर अच्छे से टूट पड़ी; लातें-घूंसे , कांच का फूलदान , टीवी का रिमोट, टेबल पर रखी टॉर्च, रात की बची कॉफी से भरा जग, जो कुछ भी हाथ लगा उसका करारा स्वाद विनीत को अब चखाती चली गई ईशा।...यह गुस्सा उस प्यार के टूटने का था जिसको लेकर अब ईशा को यह विश्वास हो चुका था कि यह अब कभी जुड़ेगा नहीं।

विनीत को समझ नहीं आया कि वो अपने ज़ख्मी पैर को संभाले या ज़ख्मी शेरनी की तरह हमलावर हुई ईशा को?

विनीत अब काफ़ी थक भी चुका था , उसका चेहरा और माथा लहूलुहान हो चुका था । उसके होश ईशा के अगले वार के साथ अब यूं ही गुम होते चले गए।

वो अब सोफे पर निढाल पड़ा हुआ था लुढ़की गर्दन लिए, जैसे कह दिया हो उसने ईशा से कि "जो करना है करो!"

विनीत बेहोश हो चुका था पर ईशा को चैन नहीं आया था। वो उसके साथ और भी कुछ ऐसा करना चाहती थी जिससे उसे तकलीफ़ हो। बेशक गुस्सा उसके दिमाग पर हावी हो गया था तो बेरहमी से उसने विनीत के पैर में धंसा चाकू खींच लिया।

विनीत बेहोश हो चुका है, इसका एहसास ईशा को अभी ही हो पाया जब पैर में धंसा चाकू खींच लिए जाने पर भी विनीत के मुंह से दर्द का एक शब्द भी न निकल सका , न ही कोई चीख निकली।

अब हाथ में थमा चाकू देख ईशा का सो चुका विवेक जाग उठा ; एहसास हुआ कि "यह मैं नहीं हूं!" और ईशा मानों सोते से जागी। चाकू से वो क्या करने वाली थी विनीत के साथ , यह सोच कर उसके हाथ कांप उठे और चाकू हाथों से छूट गया। विनीत के पास से अब पीछे हटने लगी वो खुद से ही डरते हुए । इसी पल ईशा के पैरों के नीचे कुछ आया ; यह मेन गेट चाबी थी जो शायद विनीत के बेहोश होने से पहले उसकी जेब से गिर गई थी। इसके बाद मुझे बताने की ज़रूरत नहीं कि आगे क्या-क्या हुआ होगा?....

..... निढाल, ज़ख्मी और थकी हुई सी जैसे ही ईशा घर से बाहर निकली तो एक पड़ोसी ने उसे देख लिया और फिर जल्दी ही सब पड़ोसियों ने आकर ईशा को संभाल लिया । ईशा और उसके घर की जो हालत देखी तो बिना एक पल देर किए पुलिस को भी बुला लिया गया। पुलिस इंस्पेक्टर अभी इसी वक्त ही ईशा से जान लेना चाहते थे कि यहां क्या हुआ? लेकिन ईशा के मुंह में मानो शब्द ही नहीं बचे थे। शून्य में घूरती जाने वो क्या देख रही थी।.... शायद अपने उस रूप को देख सहम गई थी जिसे विनीत ने बाहर आने पर मजबूर किया। आज से पहले वो यकीनन नहीं जानती होगी कि एक ऐसा डरावना रूप भी है उसका।

इंस्पेक्टर को समझते देर नहीं लगी कि ईशा गहरे सदमे में है, तो उसने फिलहाल के लिए अपने सवालों को ईशा को इलाज मिल जाने तक के लिए स्थगित कर दिया ।

अगले दिन हॉस्पिटल में थी ईशा । उसकी तमाम जांचों के बाद और पुलिस के उससे सवाल-जवाब जब पूरे हो गए तो ईशा के परिवार और पहचान वालों को थोड़ी देर उससे मिलने की इजाज़त मिल गई।... इन लोगों को भी अब ईशा से दुबारा मिलते हुए यही लग रहा था कि यह उस पुरानी ईशा से नहीं मिल रहे जिसे यह कभी जाना करते थे बल्कि इन्हें भी अब ऐसा लग रहा था जैसे वो उस ईशा से मिल रहे हैं जो एक लंबा सफर तय करके आई है।

विनीत को भी इसी हॉस्पिटल के एक अलग कमरे में रखा गया था । पुलिस की हथकड़ी पहने वो आराम से आराम कर रहा था।.... ईशा और विनीत की ज़िंदगी का हॉस्पिटल में बीत रहा बस यह आखरी थोड़ा सा वक्त था जो यह दोनों साथ बिता रहे थे, क्योंकि इसके बाद तो ज़ाहिर है कि इन दोनों के रास्ते अलग हो ही जाने थे।

बाहर हर जगह शोर था ईशा के कारनामे का।.. कोई सोच भी नहीं पा रहा था कि एक नाज़ुक सी दिखने वाली लड़की में इतनी ताकत भी हो सकती है।

विनीत को जानने वाले लोगों के लिए तो यह बात और भी विश्वास के परे थी कि विनीत इतना बेरहम भी हो सकता है और वो भी तब जबकि ज़्यादातर सब यह बात जानते थे कि ईशा हमेशा से विनीत को

कितना ज़्यादा चाहती आई है। विनीत ने जो कुछ भी किया उस पर उन्हें विश्वास ही नहीं हो पा रहा था, खासकर के विनीत की मां दमयंती को सबसे ज़्यादा झटका लगा था।...पर एक बड़ी हैरानी की बात है कि सब लोगों को सबसे ज़्यादा झटका तो पीटर की भविष्यवाणी वाली बात के बारे में जानकर लगना चाहिए था , लेकिन हैरत है कि इस बारे में कोई भी कहीं भी बात ही नहीं कर रहा था।... करे भी तो कैसे! ईशा ने कुछ बताया होता तब तो कोई बात करता। ईशा ने तो किसी को इस बारे में कुछ बताया ही नहीं था।.....

.....दरअसल ईशा नहीं भूलती थी कि इन बातों का खुलासा नहीं होना चाहिए। हालांकि उसकी ज़िंदगी पीटर की कर्जदार थी, वो खुद भी यह बात मानती थी। पीटर का दुनियाभर में नाम हो जाना, देखा जाए तो पीटर को ईशा की एक श्रृद्धांजलि ही होती। पीटर को दुनिया जानने लग जाती आज अगर ईशा एक बार किसी से थोड़ा भी कुछ कह देती। लेकिन ईशा पीटर की भविष्यवाणी वाली बातों का दुनियाभर को खुलासा करके मैरी का दिल नहीं दुखा सकती थी।

अब जब हॉस्पिटल में थोड़ा सा वक्त बिताने के बाद ईशा का खुद से हुआ खौफ कम हो गया, तो यह पीटर का प्यार ही था जिसको महसूस करके ईशा बार-बार फूट-फूटकर रोने लग जाती थी।

नर्स उसे दिलासा देती, डॉक्टर भी आकर उसे हिम्मत बंधाते। ईशा को रोते देख सब यही सोचते होंगे कि ईशा उस रात के खौफ से अब भी उबरने की कोशिश कर रही है पर असली वजह तो सिर्फ़ ईशा जानती थी कि वो रो क्यों रही है?...वो बताना चाहती थी सबको, पर नहीं बता सकती थी।

ईशा भी किसी को कुछ कहना चाहती थी और ठीक इसी वक्त कहीं कोई और भी था जो ईशा को इतनी ही बेचैनी से कुछ बताने के लिए तड़प रहा था। वो शख्स थी ईशा की सास दमयंती देवी।

लेकिन ऐसा क्या था जिसे बताने वो इस क़दर बेचैन हो रही थीं? ...यह वो बात थी जो विनीत की हरकत पता चलने के बाद दमयंती के दिल पर बोझ बन गई थी ; यह बात ईशा से उनके बोले एक झूठ के बारे में थी। दमयंती देवी अगले दिन जब ईशा से मिलने आईं तो मुश्किल से दो

मिनट उन्हें बात करने की इजाज़त मिली होगी। ईशा ने पास आई सास से कोई गिला-शिकवा नहीं किया । अब दमयंती जी ने अपने दिल का बोझ ईशा को ज़ाहिर करना शुरू किया ; उन्होंने ईशा को बताया कि कितना बड़ा धोखा उन्होंने ईशा को दिया है जिसकी वजह से आज उसकी यह हालत हुई है।

दमयंती जी ने ईशा को अब बताया कि उससे दुबारा रिश्ता ठीक करने के लिए विनीत ने कभी भी उनसे बात नहीं की थी। यानि वो बात जो कुछ महीने पहले दमयंती देवी आकर ईशा को बोलकर गईं थीं कि विनीत उससे रिश्ता सुधारना चाहता है पर उसे थोड़ा वक्त चाहिए , यह बात सिर्फ़ दमयंती देवी का ईशा को खुश करने के लिए बोला हुआ एक झूठ थी।

दमयंती को अब लगा होगा कि अगर वो उस दिन ईशा को झूठ न कहती तो शायद ईशा अब तक विनीत से दूर जा चुकी होती और तब शायद उसकी यह हालत भी नहीं हुई होती।

लेकिन ईशा ने इस पर कुछ नहीं कहा, न ही कुछ पूछा क्यूंकि वो इतना तो खुद को जानती ही थी कि अगर उसकी सास न भी उसे मनाती तब भी वो पति का प्यार पाने की कोशिश इतनी आसानी से छोड़ने वाली नहीं थी।...ईशा के लिए दमयंती की झूठ भरी कोशिश का होना न होना एक ही बराबर था वैसे तो, पर यह बात भी सच है कि उस झूठ से ईशा खुश हुई थी , बल्कि बहुत ज़्यादा ही खुश हुई थी। पर अब तो इन सब बातों के कोई मायने ही नहीं रह गए थे तो ईशा ने अपनी सास को कह दिया कि वो दिल पर कोई बोझ न रखें। ...यह थी ईशा जो खुद दिल पर बोझ सह लेती थी पर दूसरों का दिल हल्का कर देती थी।

हॉस्पिटल में भर्ती हुए अब ईशा को चार दिन हो चुके थे । उसे अब बताया गया कि उसे जल्द ही हॉस्पिटल से छुट्टी दे दी जाएगी लेकिन गहरे ज़ख्मों की वजह से विनीत को अभी और कुछ दिन अस्पताल में ही रुकना था। उसके बाद जेल की चारदीवारी तो उसका इंतज़ार कर ही रही थी।

ईशा विनीत से पहले ही हॉस्पिटल से जा रही थी; इसका मतलब यह था कि विनीत को जेल की ज़िंदगी से पहले कुछ दिन ऐसी ज़िंदगी जीने का

मौका मिलने वाला था जिसमें उसे अपना ईशा से टूट चुका संबंध साफ़ महसूस होने वाला था। बीते कई दिनों से ऐसी ज़िंदगी जीना ही तो उसका सपना रहा था, तो अब जेल जाने से पहले उसका यह सपना पूरा होने जा रहा था।

10 दिसंबर ,2014 , ईशा को जितना बताया गया था उससे ज़्यादा उसे अस्पताल में वक्त बिताना पड़ा पर आखिरकार आज उसे अस्पताल से छुट्टी मिल ही गई। अब वो आज़ाद थी।...फार्मेलिटी के नाम पर जो उसका विनीत से रिश्ता अभी भी बाकी था, तो उसका प्लान था कि उसे भी जल्द ख़त्म कर लेना है ताकि विनीत उससे और बंधा हुआ महसूस न करे।

लेकिन अब ईशा ज़िंदगी में कहां जाने वाली थी?.... ईशा के माता-पिता यह चाहते थे कि ईशा कुछ दिन बैंगलोर अपने परिवार के पास आकर रुके। ईशा को इस छुट्टी से अच्छा लगता। उसे परिवार के साथ की ज़रूरत भी थी। लेकिन उसने कुछ वक्त अकेले रहने की गुज़ारिश की; अपने परिवार को उसने यह कहकर मनाया कि कुछ अधूरे काम है जो उसे पूरे करने हैं, उसके बाद वो आ जाएगी।

ईशा की फैमिली को लगा होगा कि शायद ईशा विनीत से कानूनी तौर पर रिश्ता ख़त्म करने की बात कर रही है , या अभी न भी करे पर कुछ दिन वो इसी शहर में, इसी माहौल में रहकर आराम करना चाहती है । तो ईशा को जल्द घर आने को कहकर सबने ईशा को फिलहाल के लिए अकेला छोड़ दिया जैसा वो चाह रही थी। इसीलिए आज तो ईशा अस्पताल से सीधे अपने उसी घर में चली आई थी ,अपने उसी अपार्टमेंट में।

इतना सबकुछ हो जाने के बाद तो इस जगह से भी उसे नफ़रत हो जानी चाहिए थी।...ईशा वैसे यहां रुकने वाली थी भी नहीं ; कुछ दिन में उसे यहां से चले ही जाना था। पर अभी वो यहां इसीलिए लौटी क्योंकि शायद सोचा होगा कि "जहां से सब छोड़ा, वहीं से क्यों न शुरू करें!"

घर वापस आने पर अब ईशा ने इतने दिनों बाद घर में काफ़ी आराम महसूस किया और यह आराम उसे बढ़ता सा लगा, साथ ही आज बड़े दिनों बाद वो बेफिक्री में अपने घर में सो सकी। सुबह से लेकर पूरा दिन वो इस आराम का ही लुत्फ लेती रही। शाम 6 बजे वो उठी और अपने

लिए कॉफी बनाई। कॉफी पीते हुए पीटर की उस फ़ाइल को उसने अब निकाला और निकालकर देखने लगी।
अब जान बचाने वाली कोई जानकारी तो इस फ़ाइल से ईशा को हासिल करनी थी नहीं । इस फ़ाइल के रुप में अब ईशा के पास जो बचा था वो था उसको लेकर पीटर की प्यार भरी फिक्र का बस एक सबूत । आगे जब तक ईशा के पास यह रहता, ईशा को पीटर के उसी प्यार का एहसास कराने वाला था और विनीत की कोई याद जिस एहसास के आड़े अब कभी नहीं आ सकती थी।
फ़ाइल के पन्ने पलटते हुए एक-एक तस्वीर को नज़र भरकर देख लेने के बाद जब ईशा आखरी पन्ने पर पहुंची जहां सवालिया निशान लगा रखा था पीटर ने, तो यह सवालिया निशान अब ईशा को ऐसा लगा मानो जैसे कि पीटर पूछ रहा हो उससे कि "अब आगे क्या करोगी तुम?"
आपको क्या लगता है, ईशा अब क्या करने वाली हो सकती है?....

..... ईशा अब नई ज़िंदगी शुरू करने जा रही थी पर पहले पुरानी ज़िंदगी को समेटने में लगी थी । कम से कम वो ऐसा कुछ भी पीछे छोड़ने वाली नहीं थी जिससे आगे उसे पुराने बीते वक्त की कड़वाहट वापस मिले या कुछ कमी का एहसास होता रहे, इसीलिए अगले ही दिन से वो अपनी जॉब पर वापस लौट चुकी थी। नई ज़िंदगी शुरू करने से पहले उसे बेफिक्री से काम करने का वही पुराना एहसास चाहिए था जिसे वो भूल चुकी थी।
हफ़्ते भर उसने यही किया हालांकि इन दिनों वो थोड़े से ही काम से थक जाती थी; शरीर में कमज़ोरी थी पर उसे तो उस बेफिक्री को जीना था। वाकई में मौत से सामना होता है तो आप बदल जाते हैं, आप ज़िंदगी खुलकर जीने लग जाते हैं। ईशा भी ज़िंदगी खुलकर महसूस करना चाह रही थी क्योंकि कर पा रही थी। हालांकि उसके शरीर को आराम की ज़्यादा ज़रुरत थी जो बैंगलोर में फैमिली के पास ही ज़्यादा बेहतर था, पर उसका मन अपना आराम तलाश रहा था ; पुराने एहसासों की दौलत को लूट रहा था। .... जल्दी ही ईशा ने अपनी गंवाई हुई एहसासों की सारी दौलत कमा ली। पुरानी ज़िंदगी में लूटने को अब कुछ न रहा। अब वाकई में वक्त आ चुका था नई ज़िंदगी को शुरू करने का और ईशा जानती

थी कि बिना पीटर को साथ लिए उसकी ज़िंदगी की नई शुरुआत अधूरी रहेगी ।

ईशा अब नए घर में जाने वाली थी; पैकिंग शुरू भी कर चुकी थी पर आज की बात करूं तो नए घर में जाने से पहले ईशा पीटर से मिलने आज फूल लिए उसके पास आई थी, उसकी कब्र पर ।

आंखें नम थीं जो कि होनी ही थीं। बहुत कुछ कहना चाहती थी मगर... ...." हम हमेशा दोस्त रहेंगे " बस यही आज उसने पीटर से कहा। इतना कहकर फूलों को कब्र के ऊपर रखकर अभी भी एकटक नम आंखें लिए उस कब्र को ही देखे जा रही थी वो कि तभी अचानक से एक तेज़ हवा का झोंका कहीं से आया और ईशा को झकझोर कर रख दिया। ईशा को ऐसा लगा मानो जैसे इस तरह पीटर ने भी उससे दोस्त रहने का वादा ही किया हो।

The End

www.ingramcontent.com/pod-product-compliance
Lightning Source LLC
LaVergne TN
LVHW092053051026
849517LV00013B/2607